新潮文庫

帰りたくない

—少女沖縄連れ去り事件—

河合香織著

新潮社版

8965

目次

帰りたくない

―少女沖縄連れ去り事件―

「はるかかなたでは、人生はまだ甘美でありうるだろうか？」

（『ジル』ドリュ・ラ・ロシェル、若林真訳）

序章　奇妙な親子

私は、ひとりのホームレス風の老女の後をつけていた。

夜の青白い街灯の下に立ち、見上げると、端午《たんご》の節句をとうに過ぎたのにもかかわらず、民家の鯉幟《こいのぼり》が揺らめいている。しまい忘れたのだろうかと隣家を見ると、その庭でも鯉が風の中を頼りなげに泳いでいた。沖縄では五月五日を過ぎてもなお当分出したままにすることがしばしばあるのだという。

週明けから入梅だと予測されていた沖縄は曇天続きで、まだ五月だというのに蒸し暑さで肌はじっとりと湿ってくる。日が暮れても、熱気はいっこうに引く気配がない。風が木々を揺らす暗闇《くらやみ》、寝静まった住宅街――。

老女は全財産が入った古びたキャリーバッグを引きずり、細い道をのろりのろりと歩いている。

人気《ひとけ》のない住宅地の家々の角などには、邪を跳ね返す沖縄特有の魔よけ「石敢當《せきかんとう》」と書かれた石でできた表札のようなものが不気味に浮かび上がっていた。そこを、暗闇に溶け込んでしまったかのように、ひとり歩を進める老女。異様な光景に、私はしばし声をかけられずにいた。

百メートルの距離を進むのに五分はかかっただろうか。彼女が、猫がたむろする公園のベンチに荷物を降ろすのを確認すると、私は意を決して駆け寄り、「お話を聞かせてくれませんか」と声をかけた。

老女は驚いた様子もなく、「ちょっと待ってくださいね」と言って、木のベンチを薄茶色に変色したタオルで拭《ふ》いた。

「急ぎますか？　少しだけ腰をかけさせてね」

そう言うと、破れかけた紙袋の中から小さな手鏡を取り出し、顔をのぞきこんで、自らの髪を櫛《くし》で直し始めた。

「さて、何の話でしたか」

ひとしきり鏡をのぞいていたかと思うと、八十歳になるという老女は振り返った。

「おととしの今頃、中年の男性と少女と一緒に過ごされませんでしたか」

「ああ、そうですね。名前は知らないんですけどね。覚えています」

老女はバッグの中から取り出した蚊取り線香に火をつけて、ベンチの下に置いた。細長い煙が何かを弔《とむら》うかのように揺らめきながら昇っていく。薫香《くんこう》と、水を含んだ若草の匂《にお》いが混ざり、辺りを満たしていった。蛙《かえる》が梅雨を呼び寄せるかのように鳴いている。

公園で野宿の身であるにもかかわらず、不意の来訪者である私に対して身繕いを忘れない老女。彼女の口から語られたある少女の姿を、私はにわかには信じられなかった。

私がその少女の存在を知ったきっかけは、ある日ふと目にした小さな新聞記事だった。

記事によると、関東地方に住む四十七歳の無職の男が、同じ地域で暮らす十歳になる小学校五年生の少女を連れ回し、八日後に未成年者誘拐の容疑により逃亡先の沖縄県で逮捕された。少女は地元の児童相談所で一時保護されることになった。警察によると、少女は「自宅には帰りたくない」と話したという――。

四十七歳の男が十歳の少女を連れ回し、逮捕された。だが、少女は家には「帰りたくない」と言ったのだという。

一体、ふたりにどんな事情があったのだろう。

男に連れ去られた少女が、なぜ家族のもとではなく児童相談所に行かされるのか。

一週間以上もの間、ふたりはどんな時間を過ごしていたのか。「未成年者誘拐」などというおどろおどろしい言葉とは裏腹に、切迫感というものがまったく伝わってこない。

事件に引っ掛かりを感じたのは、私だけではなかった。この奇妙なふたり連れを、テレビや週刊誌も放っておかなかった。それらの番組や記事では、ふたりに関するより詳細な情報が報じられていた。

近所に住んでいたふたりは、関東から沖縄へ行き、新しい生活を夢見た。少女が沖縄行きの航空券を購入し、自ら宿帳に名前を記入、金銭は彼女が握っていた。男はそこで運転代行業の職を見つけ、少女は生活用品を揃《そろ》えた。また、血のつながらない親子と名乗り、仲が良いように見えた半面、少女は男を見下していた様子でもあった。後に行われた男の公判で、弁護側はこの〝誘拐〟を「少女が主導した」と主張した。

果たして、これは誘拐なのだろうか。判決では、「未成年者略取誘拐」などの罪により、男に二年六月の実刑が言い渡された。しかし、それでもなお私には、単に誘拐と言い切れるほど単純なものとは言えないような気がしてならなかった。遠く離れた地での生活を試みた三十七歳差のふたりの世界の深淵には、何か得体の知れない闇が潜んでいるのではないかと。

だいいち、たった十歳の少女が主導したといわれる誘拐など聞いたことがない。事実だとすれば、四十七歳の男をリードしたという少女は、どんな子どもなのだろうか。そして、その少女について行ったという四十七歳の男とは……。

十歳の頃、私自身はどうだったろう。

親に叱《しか》られ、家出をしようとしたことくらいはある。しかし、数時間も近所をフラフラとしていれば途方に暮れ、家に戻るのが関の山だった。ここではないどこかへ、今の環境とは違う場所へ行きたいという願望を持っていたとは思う。だが、行動に移すことはなかった。逃れようのない現実を前にして、幼く無力な私は知らず知らずのうちにその感情を抑え込んでいた。そして、何よりも思っていた。満足がいくとはいえなかったとしても、家よりも、家族よりもあたたかい場所などあるのだろうか。自分を守ってくれる盾がなくなったら、不安で何もできないのではないか。それに、結局、逃げようと思ったとしても、どこへも逃げることなどできないのではないかと。

しかし、この少女は行動に出た。しかも、常識では考えられないほど大胆な方法で。なぜ少女はそこまでして、家を出たかったのか。少女は何から逃げたかったのか――。

不可解なことばかりのこの事件に、次第に私は搦《から》め捕られていった。出会いから関東地方での奇妙な日々、そして沖縄への逃避行。私は、ふたりの軌跡を辿《たど》ることにした。そして、二〇〇六年五月、沖縄の住宅街に足を運んだ。

「ふたりのことを知りたいなら、そこの公園にいるおばあさんに聞いてみれば。毎晩十時になるとベンチで寝ているから」

男が働いていた運転代行会社の社員に教えられ、私は老女を待っていたのだった。

老女がふたりに会ったのは、私が訪れるちょうど二年前、二〇〇四年五月のことだった。当時、老女は運転代行会社の社員の休憩所となっていた、広さ三畳ほどのコンテナを月五千円で間借りして暮らしていた。そこに、奇妙な「親子」がやってきた。男は運転代行会社に職を得て、小学生の少女とともに会社の敷地内のコンテナで暮らすことになったという。冴《さ》えない容貌《ようぼう》の男に比べ、少女は足が長くスラッとした体型。目はやや吊《つ》り上がり気味で、あごが細かった。老女には、いかにも現代風の可愛《かわ》いらしい女の子に映った。

だが、その少女は老女の顔を見ると、挨拶《あいさつ》さえせずに、おもむろに汚れた衣服を渡した。

「おばちゃん、これ洗濯してくれない？」

老女は呆《あき》れたが、洗濯をしてやった。少女は桃色と水色で彩《いろど》られたサンダルを履いていた。

「このサンダルは私が自分で買ったのよ。将来はモデルになるの」

少女は胸を張った。そして、インスタントラーメンを食べたいというので、老女はお湯を沸かしてやった。

「私の暮らしていたコンテナで女の子がラーメンを食べていたら、中年の男の人がやってきたんです。座るところといえばベッドくらいしかない。その人は中に入ろうとしたけれど、座るところがないからって断りました。実際、座ろうと思えばひとり分くらいのスペースはあったけれども、やっぱり見知らぬ男性を入れるのには抵抗がありますよね。子どもさんと一緒だから大丈夫だとは思ったんですが、それでも私も女ですから。彼女は食べかけのラーメンをお父さんに食べさせるって出ていきました」

当初は、父親を気遣っている仲のいい親子に見えた。しかし、親子にしては不思議な言動もあった。

「あの野郎。あんな顔のくせに文句言うな」

少女は、男のことをそう言い捨てたのだ。「確かにその男性は、顔が大きくて、いかつい感じだった。でも、子どもが親のことをそんな風に言うなんて……」と老女は振り返る。男は少女から日常的に「おい」「バカ」と呼ばれていた。そればかりか、少女に暴言を吐かれても、そして殴られても、意に介さない様子だった。

少女はこうも言っていた。

「沖縄に来る飛行機代も私が出したんだから」

続けて自らの身の上についても、さらっと言ってのけた。

「お母さんは再婚して、どこかへ行ってしまった。お母さんが送ってくれた仕送りのお金で沖縄に来た」

男が運転代行会社で働き始めてから三日目の朝、少女は再び老女のコンテナにラーメンを食べに来た。そして、メモ帳を出して何か文字を書いていた。

「今勉強しているから話しかけないでね」

つんとした表情で言った後、突然、思いがけない言葉を口にしたという。

「おばちゃん、私のお父さんと寝たいんでしょう」

老女があまりの露骨なセリフに絶句していると、少女はなおも言葉をついだ。

「おばちゃん、うちのお父さんとセックスしたいんでしょう」

老女は気色《けしき》ばんだ。

「おばちゃんはそんな趣味ないの。おばちゃんは賢くないけど、セックスバカじゃないからね。だいたいあんたのお父さんじゃなくても男はいっぱいいるのよ。でもね、おばちゃんは誰ともしたくないの。年を取っているからってわけじゃない。若い頃から誰ともセックスしたいと思ったことないよ」

　すると少女は一瞬バツの悪そうな顔をしたものの、さらに挑発するような言葉を吐いた。

　何と言ったのかを私が尋ねても、老女は照れて、その言葉をなかなか口にしようとしない。

「もっとえげつない言葉を言ったんです。『おばちゃん、私のお父さんと〝アレ〟したいんだろう』って。それは女の子に聞いてください。私の口からはちょっと……」

「ひょっとして女性器の俗称ですか」

「そうです、そうなんです。信じられないけれど、そう言ったんです。それで、『そんなこと言うんだったら、ここに入って来ちゃ駄目だからね』と女の子を叱りましたよ。きっと私がコンテナに暮らしていてお金持ちじゃないのをわかっているから、見下していたのでしょう。すれているんですね。かわいそうなことだけれども、まるで五十歳のおばさんみたいに何でも知っているんじゃないのかしら。たった十歳なのに」

　老女は暗闇をじっと見つめていた。

男の逮捕後、ふたりが親子ではないことを老女は知った。

「女っていうのは、最初に出会う男性がいい人じゃないとね。高学歴とかそんなことは関係なくて、心のいい人。あのおじさんもいい人だったらいいのだけれど、でも、年が違いすぎますよね。年頃になるまで待つならまだしも。あの女の子、今は子どもだから警察も保護するけれど、大人になったらどうするのでしょう。ああいうおじさんを嫌がるようになればいいけれど、好奇心からついて行ったとしても、もう誰も助けてはくれないのですから」

煙は行っていますか、老女はそう気遣いながら、蚊取り線香の位置を動かした。やせ細った小さな野良猫《のらねこ》がミャアと鳴いた。

「あの少女にご飯の一杯でも出してあげればよかったのに、と人は言うかもしれない。でもね、今の私に人の面倒は見られない」

そう老女は語りながら、猫数匹にキャットフードの缶詰を与えた。猫は、彼女が帰ってくるのをバスの停留所で待っていたり、寝ている彼女の頭をなでたりするという。日がな一日スーパーマーケットのベンチで時間を潰《つぶ》し、夜は公園で寝る。仕事もしていなければ、友人も肉親もなく、話す相手さえもいない。

少女もまた、深い孤独を抱えていた――。

気がつけば、二時間以上が経過していた。私の足は十数ヶ所藪蚊《やぶか》に刺されて、赤く腫《は》れ上がっている。だが、私はこの話が終われば、クーラーのきいた快適なホテルに戻り、清潔なベッドにもぐりこむだけだ。八十歳の彼女はこのまま、私が座っているベンチで今晩も夜を明かす。

「公園で野宿してようと、男の人には頼りません。三食が一食になったって、人の助けは受けない。五百円のお弁当を買ってもらうこともない。私だって名誉がありますから」

私は、八十歳の老女をも揺さぶる磁力を持つ少女に、ますます引きつけられていった。

暗闇は深さを増し、さっきから続いていた蛙の鳴き声がぴたりと止《や》んでいた。

第一章　孤独の遭遇

〈不幸にして、それぞれが「本物」から得られなく、又、与えられなかった為《ため》に、ぽっかりとあいてしまった心の中にある大きなすきまを「この時だけ」でもと、埋めていたと思います。本来なら実の親子でそうすべきだったのでしょう〉（山田敏明の手紙より）

十歳の少女と四十七歳の中年男の奇妙なふたり連れ。彼女たちの間に一体何があったのか。ふたりの軌跡を知りたいと思った私はまず、沖縄で逮捕された後、関東に移送されていた四十七歳の男、山田敏明《としあき》に手紙を書くことから始めた。山田は拘置所に勾留《こうりゅう》されていた。

拘置所内の人間と手紙のやり取りをするのは、私にとってこれが初めてのことである。見ず知らずの私に返事が送られてくるのだろうか。返事など来るまいと思いかけた頃、山田は真冬の拘置所から返信を送ってきた。それから数日と置かずに手紙が届くようになり、結局その数は便箋《びんせん》で総計千三百枚以上になった。山田は十歳の少女、石井めぐとの関係の発端をこう振り返った。

〈めぐから声を掛けられた時には僕は、めぐの事など気にも止めていませんでした〉

山田とめぐの出会いは、二〇〇三年酷暑の日曜日のことだったという。

山田には予定というものがまったくなかった。家族も友達もおらず、趣味もない。その日も、目が覚めてから何もすることがなく部屋でぼんやりしていた。

それまでも職を転々としていた山田は、この頃工業団地にある倉庫会社で派遣社員として働き始めたばかりであった。彼の仕事は、ベルトコンベアの流れ作業で製造されたユニットバスを、配送先ごとに振り分けるものである。働き出して間もなくお盆休みを迎え、山田は一週間の連休に入っていた。たったひとり、外階段のついた寂れたアパートの二階に暮らしていた山田は、午後三時、空腹を覚え、近くのコンビニエンスストアに昼食を買いに出かけた。適当に弁当を見繕い、それをレンジで温めてもらっていると、傍らにいた小学校三、四年前後の少女が、レジにいる店員に買ったばかりの漫画雑誌『ちゃお』を差し出して言った。

「これ開けてくれる?」

雑誌についている付録を開けてほしいというのだ。

山田は少女に何気なく話しかけた。

「今ここで開けると、うちに帰るまでになくなっちゃうよ」

少女は「大丈夫、大丈夫」と言って、店員に付録を開けてもらうと、風のように店を駆け出て行った。

電子レンジの音が鳴った。弁当を受け取った山田がコンビニから出て、アパートの方向へ歩きかけたときだ。

「おじさん」

後ろから声がする。

振り返ると、先ほどの少女が近づいてきて、「これ何？」と、雑誌の付録を見せてきた。

「これはタロットカードといって、おまじないや占いに使うカードだよ。君も好きな子いるでしょう。その子との恋占いでもすれば」

山田は答えた。そしてふたりはどちらからともなくコンビニの店先にしゃがみ込んで、話を始めた。

「おじさん、今からご飯なの？」

「おじさんは離婚して、ひとり暮らしだから」

「ああ、おじさんもひとりなんだ。うちもひとりなんだ。お父さんもお母さんもいないから。だから、おじいちゃんたちに育ててもらっているんだ。だけど、家の人から虐待《ぎゃくたい》されてる」

突如、少女の口をついて出てきた不穏な言葉に山田はたじろいだ。虐待という言葉から死を連想した。虐待で死亡した幼児の事件を報道でたびたび耳にしたことがあったからだ。しかし、だからと言って、山田に何ができるというわけでもない。

「おじさん、お腹《なか》がすいたから帰るね」

山田はそう告げて少女と別れると、アパートへ向かって歩き出した。これで、偶然すれ違った少女のことは、記憶の彼方《かなた》に消えていくはずだった。

だが、数メートル歩いたところで、ハッとして立ち止まった。少女が追いかけてきたのだ。

「私も行く。お部屋見せて」

山田のアパートまでの二百メートルほどの距離を、少女は一緒についてきた。なぜ少女は見知らぬ中年男の自分にそこまで興味を持ったのだろうか。訝《いぶか》りながら、山田は言った。

「おじさんの部屋は汚いから入れないよ」

実際にアパートの部屋を見せると、少女は、

「ひゃあ、汚い」

と、驚いて部屋に入らなかった。

だが、何となく別れがたい。ふたりはアパートを出て、一階の駐車場に止めてあっ

た山田の車に乗り込み、冷めかけていた弁当を広げた。

通った鼻筋に、黒目がちな瞳《ひとみ》。幼いながら「美しい」と山田に思わせる笑みを少女は浮かべた。

そして、少女は身の上話を始めた。

名前を石井めぐということ。小学校四年生で、九歳ということ。生まれてすぐにお父さんとお母さんは別れて、お父さんについては顔も知らないこと。赤ちゃんの頃に大病で手術をし、お母さんはその看病疲れから家を出て、それ以来行方不明であること。さらに話を聞くと、お母さんの両親であるおじいさん、おばあさん、お母さんの弟である叔父さんの三人と一緒にここからすぐ近くの霊園の前の家に住んでいることを話した。

山田も自らについて自然と語り出していた。

二回離婚して、今はひとりで暮らしていること。離れて暮らしているものの、息子と娘がいること。年齢は四十六歳であること。近くの倉庫で働いていること。会ったばかりなのに、歓迎されずに生きてきた寂しさを埋めるかのように、ふたりはお互いのことを包み隠さずに話していた。

めぐは壁を一気に乗り越えてきた。

「おじさん臭いよ。服替えなよ。私が選んでやるから買いに行こうよ」

ひとりになったところで、やることは何もない。山田はめぐに言われるまま、アパートからすぐ近くの作業着を中心に取り扱う洋品店へ行った。めぐは、ニッカーボッカーズ、靴、靴下、半そでの赤いポロシャツ、そしてバンダナを山田のために選んだ。

「めぐも何か欲しい。百円ショップでいいから行こう」

山田が車を運転し、めぐの案内で、百円ショップへ向かった。そこで、「化粧をしてみたい」と言っためぐに、口紅やマニキュア、アクセサリー、それに花火や菓子など計三、四千円分のものを山田は買い与えた。

めぐはおばあさんのものだという古いみすぼらしいサンダルを履いていた。山田は百円ショップでサンダルを買ってやったが、履かせてみると小さかったので、ショッピングモールでさらにサンダルを買い直してあげた。

見ず知らずの、出会ったばかりのふたりにもかかわらず、山田によると、その当日にこんなことまであったという。

〈二人が会ったその日のうちに、「おじさん、汗くさいから、めぐの知ってる銭湯に入ろうよ。めぐ、背中洗ってあげるからさあ」と言われて、二人で男湯に入ることになりました。その時、めぐはタオルを腰にまいていたので、「この子はちっちゃい子

だけど、ちゃんと隠す所は隠すんだから、もう恥ずかしさがあるんだなあ」と感心した位です〉

その後、ふたりは車を走らせ、近くの海岸で花火をした。絵の具を撒《ま》き散らしたかのような色鮮やかな光が砂浜を照らしている。花火なんて何年ぶりだろう。山田は感傷に浸った。しかし、すでに辺りは暗さを増している。

「家に帰ろうか」

山田が帰宅を促すが、めぐは、

「夏休みだから大丈夫」

まだ帰りたくなさそうな素振りをする。

——やっぱりこの子は家に帰りたくないんだ。家に帰ると虐待されるのだろうか。

同時に山田は、自分がお盆休みに何も予定がなく、寂しさを感じていたことを悟った。一緒に時間を過ごしてくれる少女が突然現れたことに、幸せを感じるようになっていた。

山田はしばらく考え、彼女が帰ると言うまで一緒に過ごすことに決めた。

夕食には食べ放題の焼肉店を選んだ。人気歌手グループ「ELT」の『出逢《であ》った頃のように』を、カラオケ店で一緒に歌ったりもした。

午前零時を回ってもふたりの興奮は覚めやらない。公園で残った花火をし、結局、ファミリーレストランで夜を明かした。窓から見る漆黒に塗られた町は、闇《やみ》が薄れるにつれ青くなっていき、そして白い光に包まれていく。

帰宅したときはすでに日が高く昇り、朝の七時を回っていた。ふたりで山田のアパートに戻ると、一階の端の部屋の窓から女性が顔を出している。

山田の離婚した二番目の妻の光代《みつよ》であった。彼女は別の男と再婚していたが、事情があり山田と同じアパートの別の部屋に住んでいた。

光代は山田を咎《とが》めた。

「何やってんの。犯罪だよ。そんなよその子連れ歩いて」

今度こそ、ちゃんと少女を帰さなければ。山田はめぐに、再度、帰宅を促した。

「おうち帰れる？」

「帰れるから」

送っていくよという言葉にも耳を貸さずに、めぐはひとりで家へ帰っていった。めぐの家は、同じ町内の歩いて数分のところにあった。手もちぶさたの連休に訪れた不思議な巡り合い。少女の残した心地よい余韻に山田は身を委《ゆだ》ねていた。

だが、それも束《つか》の間《ま》のことだった。その日の夕方、めぐが二十代半ばの男性と一緒に山田の部屋にやってきた。その男は、めぐの叔父であると名乗った。

いくら夏休みだからといって、家族の了承を得ずに一晩子どもを連れ回したのだから怒られるだろう。ここに至ってようやく山田は気がついた。

しかし、めぐの叔父は思いもかけないことを言ったという。

「夕べはうちの子がお世話になりました」

礼を言ってきたのだ。

「食事をしたり、色々なものを買ってもらったようですが、こいつはわがままな子ですから何も買ってやらなくていいですよ。こいつに親父《おやじ》はいないし、私の姉貴であるこいつの母親もどっかに行っちゃったまま戻って来なくて、困ってるんです。仕方なく、うちで面倒見てるんですが、わがままでしょうがないんですよ」

――この家は子どもがいなくても何も心配しないんだ。愛情が薄く、関心がないんだ。

山田は、自らの行為を省みることなく、自分勝手な憤《いきどお》りを感じるとともに怒鳴られなかったことに安堵《あんど》も覚えた。その後、まるで免罪符を得たかのように、めぐとの〝逢瀬《おうせ》〟を重ねていった。

散らかっているせいなのだろうか、めぐはその後も山田の部屋に足を踏み入れようとはしなかった。ふたりは動物園、プール、ショッピングモールなどへ遊びに行った。遊園地に行った際のこと。ジェットコースターが苦手だった山田は、めぐに「ひとりで乗って」と頼んだ。しかし、彼女に「嫌だ、思い出を作るために一緒に乗って」と言われて、無理をして一緒に乗った。

そうやってふたりで遊んでいるとき、山田はめぐの足の腿《もも》の裏あたりに一円玉くらいの青あざ、そしてほおのあたりに二センチくらいの切り傷、さらに頭頂部にこぶがあるのを発見した。

――やっぱり、虐待されているから家にいたくないんだ。だからめぐは休みの日はうちに遊びに来るんだ。

山田は確信を深めた。

ある日、門限を過ぎても家に帰りたくないとめぐが言い出したことがあった。その日までは、夕方の門限にはめぐを家に帰していた。

「私、旅行とかしたことないからどっか泊まりたい」

「（ある町に）おばさんが住んでいるから連れてって」

めぐはもっと幼い頃に、そのおばさんの家に行ったことがあるという。彼女の曖昧《あいまい》な記憶を頼りに、その町の団地を目指したが、結局、めぐが「どこだかわかんなくなっちゃった。電話番号も知らない」と言い出し、ふたりは辿《たど》り着くことはできなかった。

それからは、金曜の夜か土曜日の午前十時頃に、めぐが山田のアパートを訪れ、週末を一緒に過ごし、日曜日の夜になると、山田が児童相談所や警察にめぐを連れて行って保護を求める、という奇妙な生活が繰り返されるようになった。自宅に帰すと虐待される、というのが山田の説明だ。しかし、児童相談所や警察は、連れてこられためぐをただ自宅に送り届けるだけであった。

知り合って一ヶ月ほどたった頃から、ふたりは交換日記を始めた。羽がついたうさぎのキャラクターが描かれた交換日記専用ノートに、四色ボールペンで書かれた文字が躍っている。

〈大好きなめぐへ

きみが新しい自転車にのって来た時、ぼくは、すぐきみだとわかった。これもやっぱり愛の力かな？　ほんとに！　そして、これからだんだん寒くなってくるから、か

ぜをひかないように、あったかくするんだよ。それから、夕方のきみからのTELの時、ぼくにお金なかった事、ゴメンナサイ〉

山田は最初のページにそう書いた。

めぐは次のページに書いている。

〈きょうは、じゅぎょうさんかんだったよ。大好き、だけどくさいのなおしてね〉

日記に設けられている「ラブラブコーナー」という欄には、〈たかし〉〈ゆたか〉の名前が書かれてある。「ひみつコーナー」には、〈たかしとつきあってる〉、「きょうのビッグニュース」には〈たかしとキスした〉。

山田によると、めぐはたかしとゆたかという名の、小学生と中学生の男の子とつき合っていたという。一方の山田は、いつも「ラブラブコーナー」には〈めぐ〉の名前を書いていた。山田は小中学生の男の子に対して、真剣に嫉妬心《しっとしん》を募らせていった。

山田はめぐに繰り返し囁《ささや》いた。

「めぐのこと愛しているよ」

めぐは聞き返す。

「愛って何？」

「好きのいっぱい大きい奴《やつ》だよ」

「ふーん、でも、めぐはあんたなんか嫌い」

めぐはそう言いつつも、「でも、ちょっと好きになってあげてもいいよ」と山田に告げることもあった。

交換日記にも、めぐが〈たかし、ゆたか、としあき。ちょっと、すき〉と書いたことがある。「としあき」が山田の名前だ。そして、こう続けられていた。

〈すきになるためにまい日おふろと、はみがきと、きがえとねぐせとか、なおしてね。そしたらいいから〉

普段からめぐは山田に、「毎日違う物を着ろ。コロンをつけろ。きれいにしろ」と小言を言っていた。

日記には「そうだんコーナー」という欄もあった。めぐは〈おばあちゃんとおじさんおこるのとめて〉と記している。山田は、「おこたえ」欄に〈とめてあげる〉と書いた。

こうしてふたりは、加速度的に距離を縮めていった。

ある日の深夜、喫茶店で仕事の打ち合わせをしていた山田の弟のところに、山田本人から電話がかかってきた。

「子どもを預かってくれ」

弟は打ち合わせを途中で切り上げて、自分のマンション近くのファミリーレストランを目指した。駐車場に止めたボロボロのワゴン車に山田とめぐが座っていた。

三人はファミリーレストランに入り、二時間ほど話し込んだ。

山田の弟は、めぐが受けているという虐待《ぎゃくたい》について以前にも電話で、山田から相談されたことがあった。

「ちょっとかわいそうな女の子がいるんだ。その子は虐待を受けているし、帰るところもない。コンビニで出会って、今車の中にいる。おれはどうすればいいんだろう。そっちに行っていいか。この子を一時預かってくれないか」

弟は冷静だった。

「大の大人なんだから、そんなことをしていると警察に捕まっちゃうよ。児童相談所とか役所に連れて行けよ」

山田の弟は、私の取材にこう振り返った。

「『警察や役所に行ったが、話にならない』と兄は言っていました。少女自身は、『一緒に暮らしている叔父さんにいじめられている』などと話していました」

弟は兄の話に嘘《うそ》がないように感じた。とはいえ、事情はわかったとしても、自分にはどうにもならない問題である。

「お家《うち》に帰ったらどう？」

そう勧めると、めぐははっきり言った。

「嫌です」

それでも弟は、いかなる理由であれ、深夜に小学生の女の子を連れ回している行為は犯罪だから警察へ行こうと進言した。

「わかった。明日警察に連れて行く。だから今夜だけはこの子を泊めてくれ」

山田は懇願したが、弟は泊めることはできないと断った。

ただ、めぐの服装があまりに寒々しかったのを見かねて、ジャンパーや毛布などを二十四時間営業の量販店で買ってやった。

「この子が寒そうなのを、あんちゃんはわからないのか」

山田に一万円、めぐに二千円与えて、朝まで凌《しの》ぐように弟は言った。

ふたりはそのまま車の中で一晩を過ごした。しかし、翌朝、警察には行かずに一軒の旅館を訪れた。山田はかつてそこでアルバイトをしたことがあり、従業員とも顔見知りだった。

住宅地の中にあるその古びた旅館は、主に修学旅行の生徒を相手に商売をしてきたが、最近はめっきり客が減っているという。

めぐは母親のことをより詳しく山田に話した。

「お母さんがバスに乗って、私を置いていっちゃったのを覚えている」

そして続けた。

「お母さんと一緒に暮らしたい」

山田は母親を探してあげたいと思った。

その日、めぐは旅館の部屋にある電話から、山口県のとある駅前の交番に電話をかけた。母親は山口県内のホテルに金を払わずに男と宿泊して、めぐの家の住所を宿帳に書いたことがある。その後、ホテルから代金請求の連絡があったということをめぐは祖父母から聞いていた。

「お母さんを探してください。見つけてください」

いきなりの電話に交番の警察官は面食らったようだった。

めぐの話し方は、普段のくだけた口調と異なり、本当にたどたどしい切なさの漂うものだったので、山田はいじらしく感じ、めぐの姿を見ながら涙を流した。

この乏しい手掛かりでは見つかるはずもなかったが、十一月の連休にふたりはまたもや突然旅館を訪ね、そこで母親探しを始めた。

山田は、新しく取り替えたばかりの携帯電話を使って、番号案内の「一〇四」に電話をかけた。

「市内のホテルの番号をお願いします」

「はあ？　名称は？」

「わからないのでめぼしいところをざっとでいいです」

大きなホテルの電話番号をいくつか教えてもらい、片っ端からフロントに電話をかけて宿泊記録の有無について問い合わせた。

「そちらにこういう客が十月頃、泊まっていませんでしたか？」

「残念ながら当方ではそういったお名前の方は」

さらに山田は、地元の観光協会に電話をして尋ねたり、旅館の従業員から「ホテル・旅館一覧名簿」を借りて、電話をかけまくる。

「早く早く。どんどん電話かけてみてよ」

めぐは山田をせかした。

結局、母親は見つからなかったが、不思議とめぐは気落ちせずにさばさばしていたように山田には見えた。

後に私が従業員に話を聞きに旅館を訪れると、彼はめぐの印象について次のように語った。

「少女は、背格好は子どもなのに、態度はまるで生意気な女子高生のようでした。女の子が主導権を握っていて、山田さんのことを『おい』と呼んでいましたよ。山田さんの携帯電話も、『貸せ、あたしのよ』と取り上げていました。山田さんが何でも言うことを聞くから女の子はなついているというだけに見えました。山田さんは山田さんで、振り回されることに、喜びを感じているようでした。ふたりで風呂《ふろ》に入っていたとき、山田さんがのぼせて鼻血を出したみたいで、女の子が慌《あわ》てて『タオル貸して』と走ってきました。そのときは山田さんのことを心配しているように見えましたが。いずれにしても、二回目にやってきたときは、やっと辿り着いたという感じで、ふたりとも疲れきっていました。車も変わっていて、キーがなく、マイナスドライバーをつっこんでエンジンをかけていましたから」

　めぐの世話にのめり込んでいるうちに、山田の生活はどんどん苦しくなっていた。山田は、この旅館に宿泊費を払っていない。二度目の訪問時は、従業員用の部屋にふたりは通されている。従業員が続ける。

「『そんなにしょっちゅう来られても困る』とふたりに注意したら、『じゃ、帰る。こんなところ』と少女が悪態をついていました。山田さんは『悪いね。ごめん。もう来ないから』と言っていました」

旅館を追い出されたふたりは、山田の高校時代の友人が勤務するシティホテルに押しかけた。

ホテルには到底似つかわしくないみすぼらしい身なりのふたりを、友人はティーラウンジに連れて行き、話を聞こうとした。

めぐは挨拶《あいさつ》もしないうちに、唐突に言った。

「アイロン貸して」

「アイロンはこのホテルにはないよ」

山田の友人が答えると、めぐは声を荒らげた。

「貸してったら！」

めぐはその友人も山田同様に、当然、自分のどんなわがままも聞いてくれるものだと思っているかのようだった。

めぐは、話が思い通りにいかないと思うと、中座して山田を柱の陰に呼んだ。なにやら彼に指図をする。めぐが山田を尻《しり》に敷いていた、と友人は私にふたりの印象を語った。

結局、このホテルにも泊まることができなかった。

あちこちから宿泊を断られて追い詰められた山田は、その約一週間後の十二月初旬、ついにラブホテルにめぐと宿泊することを決意する。

——ラブホテルに泊まって、食事をして持ち金をオーバーさせて、警察を呼んでもらおう。ここは隣の市だから、これまでとは違う所轄《しょかつ》の警察の人が来るだろう。そうすれば、また違った対応をしてもらえるかもしれない。

やってきた警察官は、少女と中年男がラブホテルに宿泊していたことに驚いた。

「場所が場所だからどう思われてもしょうがないぞ」

それでも、山田が逮捕されることはなかった。警察としても捜索願が出ていないため、動きようがないのだった。

黙認されたふたりの関係。山田は、自分の行動が正当化されたかのように勘違いをしていく。

しかし、このことをきっかけに、さすがにめぐの家族からふたりが会うことについてきつく注意されるようになる。

年が明けた二〇〇四年元日の朝、めぐの叔父が山田のアパートを訪れ、こう言ったという。

「去年は許したが、今年はめぐを相手にしないでほしい。あんたが甘やかすからめぐは調子に乗っちゃうんだから、本当にお願いしますよ。めぐが来ても構わないでやってくれ」

さらに、アパートの一階に住む前妻・光代の夫からも、山田はめぐと会うことについて文句を言われるようになった。めぐの叔父が、めぐを探してアパートの周りをうろうろするようになったことを、妻が嫌がるから会うなと言うのだ。

その頃、山田は派遣社員として働いていた会社を契約切れでやめざるを得なくなった。そこで、中古車販売店での職を新たに見つけ、さらに土日には近所のそば店の出前のアルバイトを入れて、時間的にめぐと会えないようにして、距離を置こうとした。

しかし、山田はめぐの十歳の誕生日に、出前の仕事を休み、めぐと一緒に動物園に行ってしまう。動物園の一年間のフリーパス券をめぐにプレゼントし、ファミレスでめぐの好物である「から揚げ」「ポテト」「ショートケーキ」を頼み、お祝いをした。

環境を変えたのにもかかわらず、自分を唯一《ゆいいつ》求めてくれるめぐから、孤独な山田はどうしても離れることができなかったのだ。

翌日、めぐがアパートに遊びに来ると、山田は出前の仕事を無断欠勤して、めぐと一緒に過ごした。

山田は自らをどうしても制御することができなかった。

もはや、物理的な距離を保たない限り、めぐと離れることはできない。山田はこの日を最後に、アパートを離れ、勤め先の中古車販売店に住み込みで働くことにした。

だが、それでもなお、山田はこらえ切れずに三月中旬、アパートに戻ってきてしまう。

めぐの家の近くを車で通ると、自宅前の路上でひとりバスケットボールで遊んでいるめぐの姿が目に入った。

「めぐー」

車中から声をかけると、ボールを持ったままめぐが車に飛び込んできた。

「見つかっちゃうから早く出して」

急いで車を発進させた。

めぐには何も告げずに、山田は一ヶ月間アパートを離れていた。突然の出現に、めぐは狐《きつね》につままれたような顔をしている。

「どこへ行ってたの？」

その問いには直接答えず、逆に山田は尋ね返した。

「おじさんが一ヶ月いなくて寂しかった？」

「別に」

めぐはぶっきらぼうに言った。

それでも、山田にはめぐが喜んでいるように見えた。やはり、めぐは自分を求めてくれているのだ……。


山田はめぐにねだられて様々な物を与えたが、携帯電話だけは買ってやらなかった。他の男性にめぐが電話することを考えると嫉妬《しっと》で狂いそうになるからだ。だから、めぐは家族の隙《すき》を見計らって家の電話を使ったり、商店に飛び込んで電話を借りたり、通行人にテレフォンカードや携帯電話を借りて山田に電話をしてきた。

山田の仕事中に電話をかけてくることもよくあり、職場では顰蹙《ひんしゅく》を買っていた。

山田の携帯の伝言メッセージに、めぐの悲痛な声が入っていることもあった。

「おじさん、おじさん。来て、早く来て。死んじゃう、死んじゃうよ。お願い。殺される。早く、早く」

仕事中だったが、山田は我を忘れた。すぐに警察に電話をして、めぐの自宅まで確認に行ってもらう手配をした。

いても立ってもいられなくなった山田は、「一時間職場を離れる許可をください」と頼み、片道三十分の距離を車で飛ばし、信号無視をし、一時停止も無視してめぐのもとに駆けつけた。

必死の思いで辿《たど》り着くと、めぐはケロッとしている。

「あ、やっと来てくれた。仕事終わりにして遊ぼうよ」

山田は仕事をもっている自分さえ疎《うと》ましく思うようになる。そして、めぐのために何もかも捨ててもいいという気持ちになっていた。

「お仕事辞めていつも傍にいて」

「そしたらお金なくなっちゃうよ」

「仕事はあたしが探してあげるから遊ぼうよ」

遊びたいからと言われて仕事を辞めてしまえば、生活が破綻《はたん》することは目に見えている。しかし、この頃の山田に、もはや真っ当な判断ができる冷静さは残されていなかった。

山田は本当に仕事を辞めてしまい、月々約十二万円の生活保護を受け始める。そして、リサイクルショップにビデオやCDなど身の回りのものを売って、金にするようにもなった。めぐも一緒に、自分の持っているおもちゃや人形をリサイクルショップに売った。その金で買えたのは小さなカップヌードル一個。それをふたりでわけあって食べた。他人には惨《みじ》めに見えるかもしれない。しかし、そんなことはどうでもいい。

山田は確かな幸せを感じていた。

その前には、こんなこともあった。

山田とめぐはショッピングセンターで買い物をした際に、「あげます、ゆずります」という掲示板を眺めていた。そこへひとりの老婦人が近づいてきて、出し抜けに問いかけてきた。

「失礼ですけど、あなたは犬がお好きではないですか？」

山田は何かの勧誘ではないかと疑ったが、老婦人は続けた。

「私はこのコーナーに家の犬のことを貼《は》ろうかと迷っているところなんです。あなたのお顔は優しそうだから、あなたにもらっていただけるなら安心できるのですが」

山田はめぐに聞いた。

「この人がワンちゃんくれるって。どうする？」

めぐは「欲しい！　嬉《うれ》しい」と乗り気だ。

そのまま犬を引き取りに老婦人の家へ向かった。小さな雑種犬だった。

その晩、山田のところに、めぐの叔父から電話があったという。

「山田さん、あんた、めぐに犬をくれたんだって？」

「まずかったですか？」

「いや、本当にもらってもいいんだね。後でだめだと言われても返せないからね」

そして、叔父は続けた。

「めぐのじいさんには、山田さんからもらった犬だとは言ってないからそのつもりで」

その後、今度はめぐの祖母が、めぐを伴って山田の家に犬の礼を言いにやって来た。一旦《いったん》は断絶したはずのめぐの家族と山田。だが、奇異な経過を辿って、結局、元に戻ってしまったかのようであった。

めぐが四年生から五年生にあがる春休みになると、ふたりは毎日会い続け、それは連続十数日間にもおよんだという。めぐは家で朝食を済ませるとすぐに山田のところにやってきて、門限まで帰らなかった。

温水プールに、温泉めぐり、ふたりは何かに追い立てられるかのようにあちこちに遊びに行った。

「そこに行っても、着いたら向こうでほとんど時間がないよ」

山田がたしなめても、めぐは聞かなかった。

「それでもいいから行きたい」

実際、プールに着いたとき、ものの五分も泳ぐ時間が取れないこともあった。

帰り道に渋滞すると、

「早くしてよ。遅れたら私が怒られるんだからね」

めぐが理不尽な怒りを露《あら》わにしたこともあった。そんなわがままをも、山田は受け入れた。

「うーん、なんか気持ち悪くなってきちゃった」

三月末、いつものようにドライブしていると、めぐの顔色が優れない。

「どうした？　車に酔ったんか？」

山田が尋ねると、めぐは照れたような表情を浮かべた。

「ううん、違う。もしかしたら始まったかもしれない。お腹《なか》も痛くなってきたよ」

帰宅するように勧めたが、めぐは「大丈夫だから」と取り合わなかった。

山田は動転した。といって、心の準備がなかったわけではない。山田のセカンドバッグには生理用品の試供品がいつも入れられていた。以前、薬局で試供品が置いてあったのをめぐが指差して、「私ももうじきこういうの使うんだよね」とひとつ取り出して山田に渡したことがあった。「まだいらないだろう」と山田はたしなめたが、「いいから持ってて」とめぐが言い張ったからだ。

山田は「病院か、もしくは救急車か」と考えた末、保健センターに飛び込んだ。女性の専門家にアドバイスしてもらうのがいいのではないかと思ったからだ。センターでは、すぐにめぐを寝かせてくれた。職員は「怖いことではないのよ。大人の女性になる印だから」と説きながら様子を見ていてくれたようだった。山田は廊下でヤキモキしながら待っていた。そういえば、最初の妻の出産のときもこんな具合に待っていたことを思い出していた。

「まだですね」

部屋から出てきた職員はそう告げた。めぐの思い過ごしだったようだ。

「でも、少し休ませてあげた方がいいので、そのままにしています。寂しくてお父さんを呼んでいるから、傍についてあげてはいかがですか？」

山田は「お父さん」と呼ばれたことに、喜びを隠せなかった。ふたりは他人から見ると、父と娘で通るようだった。

めぐが待つ部屋に通されると、広い室内にはマットレスが置かれ、その上に布団《ふとん》が敷かれていた。

「めぐ、まだみたいだね。早とちりしちゃった？」

「しょうがないじゃん。そうだと思ったんだから。いいから隣に来て寝てろよ」

めぐは恥ずかしそうな素振りを見せた。照れ隠しなのか、山田の上に乗りかかって来て、暴れ始めた。

今回は勘違いだったとはいえ、たしかにめぐは子どもから大人の女性の入り口にさしかかろうとする時期だった。

「私もブラしたい」

めぐがそう言い出して、ふたりでジュニアサイズのブラジャーを探したこともあったが、胸のふくらみもないめぐのサイズに合うものはなく、店員に「まだいらないわよ」と諭されたこともあった。

背伸びをしてはいるものの、その一方、子どもらしいことで山田の手を煩《わずら》わせることもあった。

「大変だから今すぐ来て」

ある日の午後、めぐが山田に電話をしてきた。山田が駆けつけると、めぐは山田の車の助手席に無言で乗り込んだ。車内には異臭が漂ってくる。

「臭い。何だこの匂《にお》い。あれ、めぐ、まさか？」

「そうだよ」

「えー？」

「しょうがないじゃん。出ちゃったんだから。これで家帰ったら怒られちゃうでしょう。どっかで洗わなくちゃ」

　ふたりでファストフード店のトイレで体をきれいにして、コインランドリーでめぐのオーバーオールとパンツを洗う。山田は慌《あわ》てて、靴用の洗濯機に服を放り込んでしまった。めぐはその間、無邪気にお尻《しり》を振って踊ったり、外で小用を足したりしていた。そんな姿ですら、山田には愛《いと》おしく思えた。


　待ち合わせの時間と場所は、前の日の別れ際《ぎわ》にあらかじめ決める場合と、当日にめぐから電話で指示がある場合の二通りあった。

　この日は後者だった。

　毎日会い続けた春休みもあと二日を残すのみになった。思いっきり遊んで過ごしたい。しかし、生活保護を受けている山田にもはや持ち金はない。ふたりは市内にある二軒並びのサラ金の無人ATMに入った。

「本当にここでお金貸してもらえるの？」

「コンピュータがOKしてくれたらね」

　山田は自分が金を借りられないと知っていた。多額の借金があり、ブラックリストに載っていたからだ。

一軒目、やはり借りることはできない。諦《あきら》めようとした山田にめぐは言う。

「ねえ、隣もあるよ」

そう言うと、さっさと隣のATMに入っていく。

「あたしがなんとかするからまかせといて」

めぐが操作ボタンやタッチパネルを押していく。

山田は「どうせだめだ」と思って、発泡酒片手に見ていた。しかし、なぜか十万円が借りられることになる。

すでに門限は過ぎていた。手元には予想外の収入がある。そして、めぐの春休みは今日を含めて残り三日しかない。

この春初めて禁が破られた。

めぐが以前から行きたがっていたディズニーランドにふたりは向かった。ディズニーランドの入場チケット、リサイクルショップでクマのプーさんの大きなぬいぐるみ、さらにめぐがディズニーランドに着ていくための紺のスーツと白いブラウスを山田は買ってあげた。

その晩は、ビジネスホテルに泊まり、翌日は朝から夕方までディズニーランドで

「シンデレラ城」「カリブの海賊」「イッツ・ア・スモールワールド」などのアトラクションで遊び、パレードを見た。途中めぐは三度迷子になった。

心底、楽しんでいためぐ。しかし、並んで待つのが苦手で、夕方には「もう出よう」と言い出した。

「夜までいないの？」

山田が問うと、めぐはあっさり言った。

「また来ようね。それより今からどこかへ行こう」

喧騒《けんそう》あふれる夢の国を出て、温泉施設に向かうことにした。以前二度ほどふたりで行ったことのある施設で、めぐはそこの砂風呂《すなぶろ》を気に入っていた。

結局、施設内の宿は満室だったので、近くの宿に泊まることにした。

翌日は砂風呂に入ったり、温水プールで遊び、存分に楽しんだ後、帰ることにした。

その道中、山田の携帯電話の留守電にめぐの自宅、前妻の夫、警察署から数回ずつの伝言が残っていることに山田は気づく。ふたりが遊び呆《ほう》けている間に、事態は一変していたようだった。

山田は逮捕されるかもしれないとようやく覚悟した。

途中のファミリーレストランで最後となるかもしれない食事をとった。めぐは「から揚げ」「ポテト」「パンケーキ」を注文した。帰りにはレジ脇《わき》のおもちゃのヴァイオリンを欲しいとねだり、山田はそれを買い与えた。

そして、こう言い含めた。

「俺は捕まっちゃうから、何か聞かれたら思いきり俺のことを悪く言え。めぐが怒られちゃったら嫌だろう」

通りかかった交番に山田は自ら立ち寄り、警察署に連絡をしてもらった。雨が降っていて、肌寒かったので、めぐは山田のダウンジャケットを着ていた。警察に行けば離れ離れになるので返してくれるよう、山田はめぐに頼んだ。

「何よう。ケチ。まだ寒いんだよ」

刑事がやってきて、ふたりは別れ別れになり、車二台に分乗した。

署に着くと、刑事は山田に向かってどなり声をあげた。緊迫した空気が流れるなか、取調室の椅子《いす》に置いた山田のバッグから、先ほど買ったヴァイオリンのおもちゃが奏《かな》でる場違いな音が、間の抜けたように突如、鳴り出した。

山田がひとりで部屋に残されていると、外から聞きなれた声が耳に飛び込んできた。

「オーイ」

めぐの声だった。山田は自分に対しての呼び声だと思った。

「ここだよ」と喉《のど》まで出かかったが、取調室で勝手に声を発することははばかられた。

山田が後に刑事から聞いたことだが、めぐは、「嫌だったのに手で口を押さえられて、無理矢理車に乗せられた」と証言し、かえって信用してもらえなかったという。めぐが自発的に山田のところに行っていたことは、警察も知っていたのだ。

「今日は帰れ。いいからさっさと行っちゃえよ。どこか遠くへ行け。もうめぐちゃんには二度と会わないように」

山田は警察で始末書を書き、またしても逮捕されることなく深夜に放免された。コンビニに立ち寄り、頭と喉を冷やすために発泡酒をしこたまあおって、山田は車内で物思いに耽《ふけ》っていた。

――もう二度とめぐに会ってはいけないんだ。

そう思いながらも、山田は懲《こ》りずに、警察に逮捕されずに家に帰ることができたことをめぐに知ってほしいと思った。めぐが心配してくれているに違いないと思ったからだ。

翌日、山田はめぐが下校する時間帯に、小学校の校門前を車でうろうろした。しかし、めぐが祖母と一緒にいるのを見かけ、そのまま立ち去った。

その次の日は、めぐの家の前に広がる霊園の中に車を止めて、めぐの自宅の方向を見ていた。

めぐが叔父とボールで遊んでいた。ふたりは車の方にやってきた。

「お前、ここで何をやってるんだ」

叔父はすごんだ。

「ちょっと来いや」

山田はめぐの家に呼ばれ、めぐが警察に電話をした。山田は再び警察署に連れて行かれ、またしても始末書を書かされた。今度めぐを連れ出したら、本当に逮捕するぞと最後の警告を受けた。

「めぐの家へここから電話をして、おじいさんと話をさせてください」

山田は刑事に頼んだ。電話でめぐの祖父は言った。

「あんたに会って話すことは何もないし、会ったらあんたを殴るしかない。あんたがもうめぐちゃんをほっといてくれればいい」

結局、山田の始末書が増えたという結果だけが残った。


めぐから遠ざかるために、山田は引越しをすることにした。しかし、その場所は前のアパートからわずかに数百メートルしか離れていなかった。アパートの名称がめぐの名前に似ていたことが気に入り、そのアパートを借りることに決めたのだった。

それでも、山田は一ヶ月間はめぐに会わないようにと我慢した。だが……。

仕事をするでもなく、会う人がいるでもない。ゴールデンウィークは、やることもなく、映画のビデオを十五本レンタルしてきて、一気に見た。外を見回せば、人々が誰か大切な人とともに、幸せそうな休日を楽しんでいる――。

めぐと会ってはいけない、めぐのことは忘れよう。必死に自分を抑えていたが、寂しさに堪えきれずに、山田はある場所へと向かっていた。

第二章　家族破壊

〈「あなたは、あん畜生みたいに、なっちゃだめよ」。又、僕が母と言い争いなんかになると、母の口から出る言葉は必ず、「それじゃあ、あんたもあの馬鹿野郎と同じじゃないの！」。僕は小さいときから母に言われて育って来ました〉（山田敏明の手紙より）

幾度となくめぐとの別れを決意しながら、めぐから離れることができない山田。だが、あくまで山田は、何とかめぐを救い出すことが目的だったと主張した。それを理解してもらうためには自分のすべてを知ってもらわねば、そう言わんばかりの勢いで、彼は生い立ちを赤裸々に手紙に綴《つづ》ってきた。

〈幼い頃は、子どもの私の目にも悲惨な光景が映っていました〉

山田は一九五六年、大工をしていた父親と専業主婦の母親の間に、男ばかりの三人兄弟の長男として東京で生まれた。

〈親父《おやじ》は婿《むこ》入りしたわけではないのに、母の実家に〝マスオ住まい〟していました。サザエさんの家と違うのは、同居していた母方の祖母や伯父、さらには母や弟たち、そして僕からも、親父は〝蛇蝎《だかつ》〟のように嫌われていたことです。そして、それは親父が亡《な》くなった後も、彼の遺骨は埋葬されずに、押入れの段ボールの中に放置される

という ほど悲しいものでした〉

なぜ山田の父親はそこまで疎《うと》まれることになったのか。

結婚前、山田の母親にはほかに恋人がいた。しかし、その恋人の主義や思想が過激であったため、結婚は許されなかった。山田の母方の祖父が大きな布団《ふとん》屋を営んでいたことや、叔母の夫が裁判官という職業だったこともあり、保守的な一族に迎えることは叶《かな》わなかったのだという。

母親はその恋人との交際を反対された腹いせに、たまたま実家の裏の現場に大工として来ていた父親と、〈大工だったらすぐに自分の家を建てられるだろう〉というくらいの軽い気持ちでつき合い始めた。父親は父親で、〈金持ちのお嬢さんだったら家持ちだから〉と思っていた。ふたりの入籍は、山田が生まれる前月だった。

そのような安易な気持ちでの結婚だったせいか、夫婦の生活はうまくいかなかった、と山田はいう。

〈親父は末っ子で、兄弟とは父親が違い、その上、祖母の私生児とされていましたので、母もその事に触れては、「てて（父）無し子よ」と戸籍謄本《とうほん》を僕に見せて、嘲《あざけ》っていました。僕は「何もそこまで僕達に言わなくてもいいんじゃないのか」という気持ちで悲しくなりました。だって、その事は生まれてきた親父には罪はないのですし、同じように父親がいないめぐが将来、結婚相手となる人から同じ事を言われたら、僕はきっと許しません。

第一、「できちゃった」で僕を産んでおいて、それを言ったらおしまいでしょう。少なくとも、母は子どもたちに対してもう少しデリカシーを持って欲しかったと思います。子どもは、親や大人の影響を無条件に吸収してしまうのですから。そして現在の僕が成り立っているのですから〉

一方、父親も暴力をふるうなどの問題を抱えていた。酔うと「お前は飯食うな」と言いながら母親を殴っていた。母は陰で子どもたちに、父親のことを「小学校も出ていない」と馬鹿《ばか》にして溜飲《りゅういん》を下げていた。

山田は、成長するにつれて体力で父親に勝り始めた。同時に父親も持病の心臓病が進行して弱っていき、立場が逆転した。山田は、軽く父親をねじ伏せられるようになったのだ。父親は素手では敵《かな》わないと思ったのか、あるとき、飲んでいたウィスキーの瓶を振り上げて山田を威嚇《いかく》した。しかし、山田は逆に瓶を奪い取り、とっさに父親に振り下ろしていた。父親は頭から出血していた。

〈暴力には、それが家庭内であれば余計に、暴力で対処しなければならない事を、家の中の皆が自覚した瞬間でもありました。子どもの頃から学習させられてきた憎しみ

と暴力の連鎖を僕が実践した事に、家庭内の誰が異議申し立てをするのでしょうか。今度は親父に代わって僕が憎まれました〉

たとえ暴力をふるわれても、山田のようにならない者は多いだろう。ただ、山田にとっては暴力は連鎖するものだった。山田は、父親よりも暴力的になり、弟たちにまで暴力をふるうようになっていた。

〈暴力は、やる方とやられている方の意識が、ある意味まるで正反対なので困ります。僕は「兄弟げんか」と思っていたものの、弟たちから言わせると「アン(兄)ちゃんにいじめられた」になりかねません。三男は小学校三年生から引きこもりになってしまい、自分の気に入らない人物とは話をしないようになりました。特に、僕と親父とは話しませんでした。ですから、当時は僕のほうが、親父以上の悪人に家庭の中でなっていたはずです〉

暴力の連鎖に支配された家族。自身もその一翼を担《にな》っていたのだが、山田はそこからの逃亡を企図する。

高校受験のときに、陸上自衛隊少年工科学校を受けたのも、自宅から遠く離れた都立高校へ進学することを考えたのも、それらが全寮制だったからである。この家さえ出られれば、学校なんてどこでも良かった。結局、偏差値が高かったということで、ある私立高校に進学したが、左翼運動に傾倒したことで、一年の一学期に退学し、しばらく定時制の都立高校に通っていた。その後、当時左翼運動が活発であった別の都立高校に転入した。外見が似ていることから、高校時代は同級生に「バカボン」と呼ばれていた。

私立高校を退学したことを山田は父親には内緒にしていたので、卒業式を控えて、それが発覚することを悩み、家出を決行することにした。祖母が二万円を渡してくれた。

だが、祖母は孫のことを心配し過ぎてか、それからすぐに寝込んでしまい、まもなく帰らぬ人になった。山田は自分が祖母の死期を早めたように感じた。その二年前にも、山田がバイクを売った友達が事故で即死してしまい、「お前が殺したんだ」と同級生から言われた記憶と重なり、また人を殺してしまったという思いで、辛《つら》くなった。

〈人は同じ屋根の下に住んでいる、家族だと思っていた人から除《の》け者《もの》扱いされるのがいちばん辛いものです。この僕でさえ、余命いくばくもない母が、「この頃が一番良かったねえ」と眺めていた写真を見せてもらって、愕然《がくぜん》としました。その写真に写っていた家族の旅行には、僕一人だけ行ってません。両親と弟二人の四人しか写っていないのです。

写真の母の笑顔は美しく、後に母の遺影になるほどの写りでした。あんなに嫌っていたはずの親父も一緒なのにもかかわらずです。本当に夫婦なんてものはわからないものです。さんざん僕が幼い頃に悪意を持って親父の事を吹き込むだけ吹き込んでおきながら〉

山田が三十六歳のときに母親は亡くなった。その写真が撮られた旅行が母親の一番の想《おも》い出《で》だったことを聞いてしまった山田は、葬儀の挨拶《あいさつ》を三男に、霊柩車《れいきゅうしゃ》の助手席は次男に譲った。自分が何もしない方が母親が喜ぶという妄想に囚《とら》われていたからだ。母親が亡くなって半年後に、後を追うように父親も他界した。そして、その二年後、両親を追うように、三男も病から三十三年の短い人生を閉じた。

私は、山田と文通しただけではなく、面会も重ねた。途中に拘置所を移して、その期間は二年に及んだ。

拘置所で面会の受付をすると、番号を書いた紙が渡される。長椅子《ながいす》の斜め前には電光掲示板があり、面会が可能になるとそこに番号が表示される。まるで病院の待合室のようだ。

しばらく待たされた後、面会室に通され対峙《たいじ》した山田の風貌《ふうぼう》は太い首に坊主頭《ぼうずあたま》。額にはしっかりと皺《しわ》が刻まれている。いかつい容姿だが、下がっている目尻《めじり》がどこか滑稽《こっけい》な雰囲気を醸《かも》し出していた。

彼は、面会ではいつも何かに憑《つ》かれたかのようによくしゃべった。そしても、その饒舌《じょうぜつ》さは変わらなかった。自身がめぐと同じ年頃だったときのことを回想し、手紙で手紙に綴ってきたこともあった。

〈僕自身の三十八年前、つまり、めぐと同年齢だった頃、僕と周囲の女の子達同級生はどうだったかを思い出してみます。遠い思い出にもかかわらず、鮮明に残っています。やっぱり思春期に差し掛かりつつある時期と重なり、何かと印象的だったからでしょうね。

小学校四年生の頃、同級生のひとりの少女を見初《みそ》めました。初恋です。どうにかクラスの中で一番仲が良い間柄である事をお互いに認め合え、ふたりで一緒に下校するまでになりました。そんなある日、いつもの様に帰宅している途中で突然彼女が腕を組んできた事はものすごくうれしい驚きでした。近所の顔見知りのおばさんが「あれっ?」という顔で見送っていました〉

その日を境に、山田と少女は、学校からの帰りはいつも腕を組んで歩いた。互いの腕が熱く汗ばむように感じられた。山田が学芸会で主役の「裸の王様」を演じたのも、合唱団で活躍したのも、彼女に良く思われたかったからである。

しかし、初恋の美しい想い出は山田のひとりよがりな思い込みだったのかもしれないと後に思い知らされた。小学校卒業後十年を経た同窓会で彼女は、「私の初恋は中学になってから」と言っていたからだ。

手紙の内容は、初恋話から自らの性に対する意識の変遷《へんせん》にまで及んだ。

〈当時の僕は、「性」に対して完全に無防備でした。内風呂《うちぶろ》がこわれていた事もあり、銭湯に行きました。それは家族誰ともです。祖母や母の時もあり、父の時も、一人で行く時もあり、男湯、女湯の区別なく、同級生の女の子に会っても気にしなかった。というより、男湯でいやな思いをさせられたので、女湯の方が安全だったのです。

というのは、ある見知らぬ男から、背中を流してくれるようにたのまれ、奴《やつ》の性器をさわらされたことがあったのです。そして、奴は射精したのです。風呂上りに後をつけられ、奴のアパートに来て同じ事をしてくれと言われたので、帰ってから家人に話し、そのアパートにも男湯にも行くなという事になり、事なきを得ました。

男児が男湯でそんな目にあったのですから、女湯の方が安全だと思いますよね。ただある日、転校生の女の子に風呂場で出会った時は、僕はあわてて男湯に逃げ込んだのを覚えていますが、おそらくその子の胸が膨らんでいたことにあわてたのだと記憶

していきます。それ以来、女湯からは遠のきました〉

山田が性に関心を持つようになり始めたのは、中学二年生のことだったという。近所でははばかられるので、自宅から離れたところにある銭湯へわざわざ行き、女湯に入った。湯船までは浸《つ》かれたが、意識しすぎて結局何も目に入らず、そのうちに従業員や女性客たちから「男湯に行きなさい」ととがめられた。ざわめきの中を男湯に導かれ、男湯の方でも女湯から来た男子中学生と注目された。

その数十年後にも、山田は風呂場で問題を起こすことになる……。

山田の〝一代記〟は果てることなく続いた。

山田は三十歳になると結婚相談所に入会し、コンピュータ見合いで知り合った一歳年下の女性と、渋谷ではじめて会ってからたった五十五日目に入籍した。見合い前、山田は人妻と、彼女の方も妻子ある男性とつき合いがあった。その状況に終止符を打つためにも一刻も早く結婚相手を見つけなければいけないという焦《あせ》りがあった。結婚できないのではないかという危機感を抱き、大枚はたいて結婚相談所に入会して伴侶《はんりょ》を得たのだ。「早く一緒に住みたいなら、家を見つけてね」と彼女が言ったので、後に山田がめぐと出会うことになる地域にふたりで住むことになった。互いの実家から等距離だという理由だけだった。

突然の結婚に、山田の知人たちは一様に驚いた。山田は母親だけには、コンピュータの見合いで知り合ったと告げていた。母は、「父さんのような旦那《だんな》さんにはならないでね」と言っただけであった。

山田も妻も、それぞれの親たちが不仲で、家庭内離婚状態だった。それを目《ま》の当たりにして、辛酸を舐《な》めてきたから、「親のようにならないようにしよう」と誓い、夢を語り合った。しかし結局、減点方式でお互いをチェックしあうという感覚しか持てなかったという。

結婚後の山田たちが直面したのは不妊問題だった。ふたりで検査に行き、原因は山田の方にあることが判明した。精巣に問題があり、正常な機能を果たしていないという。医師からは、「男性不妊で、妊娠の可能性は一〇パーセント以下」と告げられた。妻は自分の母親に「そんな種無し男じゃだめじゃないか」と言われたと、山田に報告した。この現実を山田の母親も悲しみ、「まともな身体《からだ》に産めなくてごめんなさい」と泣いた。

それまで妊娠するために、食事の工夫、神社への祈願、妻の生理的コンディションに合わせた性生活など様々な努力をしてきた。しかし結局、山田は自分に欠陥があるため、すべてが無駄になったと思った。妻から「今後は性生活は不要」とまで宣告された。負い目を感じていた山田には返す言葉も見つからなかった。

山田たち夫婦は、セックスレスに近い状態になったが、数少ない性生活で奇跡的に長男を妊娠することができた。

長男誕生後もあいかわらずセックスレスではあった。山田は、最後のお願いということで、渋る妻の同意を得て行為を行った。そのたった一回の交渉が、またしても長女を身ごもる結果となった。山田たち夫婦には最後の交わりとなった。

このとき山田は三十代前半だった。このまま一生妻を求めず、他の女性にも関心を示さずに生きていくことなど、山田には考えられなかった。妻の他に愛する女性ができて、交際を始めたのは、長男が生まれた翌年で、長女が妻の胎内で成長していた頃であった。

〈「水は低い方へ流れる」様に、僕の気分も自然には逆らいませんでした。だって下流には広い海原が広がっていたのですから。人生の川を流れ始めたら止まりませんでした。あっちこっちへ曲がりくねって、早くなったり遅かったりと「アップアップ」しているのを、息子と娘は上流の高みから見ています〉

山田はあれほど両親の不仲を恨み、傷ついたと言っていたにもかかわらず、結局自分の子どもに対して、同じように接することしかできなくなっていた。山田は、〈ここで気づくべきだった〉と振り返っている。自分たちもあんなに嫌だったんだから、子どもたちだってきっと嫌なことに違いないと。父と母に見捨てられためぐは、さらに辛く悲しい思いをしてきたのではないだろうか。

〈めぐは、自分勝手な両親を許せなかったのです。憎しみも僕が引き受けた様なものです。僕も、僕の中の弱い所をめぐに包み隠さず見せました。不思議なものですね。こんな気持ちは僕の実の子どもたちにも持てなかったのに。

二人の子は、自分たちよりも年下の子であるめぐを私が選んだという点では、自分たちと比較されたと思っても不自然ではないでしょう。父である僕に対して不快感を覚えたことは否《いな》めないかもしれません。めぐにもある意味「踏み絵」を踏む事をせまられたこともありました。「本当の子の方がいいんでしょ」と。その時ははっきりと、「めぐの方だよ」と言った僕がいました。なぜ二人の実の子どもたちを切り捨てることができたのでしょう。きっと血がつながっているという安心感が僕の中にあったんですね〉

不倫交際していた女性と実の子どもたちと一緒に出かけることが度々あったが、「本当はそのとき辛くて嫌だった」と後になりその女性から聞いた。きっと子どもたちもそうだったのではないかと思い至った。当時二十歳前後の彼女でさえ割り切れないのに、まだ小さい子どもたちなら尚更《なおさら》のことである。

〈僕は自分だけ幸せ気分に浸っていたのです。子どもたちにしてみれば、理由がどうであれ、そこにいて欲しいのはその女性ではなくて、彼らの母だったはずですものね。子どもたちは、母への気兼ねもあっただろうし、心から父親と遊んだ事を「楽しかったよ」とは言える訳ないです〉

結局、山田はあしかけ九年で結婚生活に終止符を打つ。そして離婚から八ヶ月後、不倫交際していた二十一歳の女性と再婚した。二人目の妻となった光代も複雑な家庭環境で育ってきたのだという。

〈両親の離婚。そしてその両方から拒まれたために、伯母夫婦の養女になり、そこでの虐待《ぎゃくたい》にも耐えた〉

だが耐えきれず、小学校中学年、ちょうどめぐとそう変わらない年齢のときに光代はひとりで家出した。実母に「駅にいるから迎えに来て」と電話をして一旦《いったん》は引き取られたものの、今度はその母親のアルコール依存症などで悩むことになる。そんなとき、たまたま伝言ダイヤルで知り合った山田に悩みを打ち明け、徐々に心を開いていった。

光代から幼い頃の話を聞いたとき、当時の彼女を助けられなかったことを山田は歯がゆく思った。その頃知り合っていたならおそらく光代の手助けをしてあげられただろうと。そんな山田にとって、めぐの話は最初から強烈な印象を伴ったものだった。「今、この子を助けるしかない」と。たとえ、ただ一時的に心安らかな笑顔を自分に見せているだけだったとしても、だったらその時間を少しでも長くしてやりたいと思った。だから、めぐの行きたいと言うところへ連れて行き、思い切り自由な時間を過ごしてもらいたいと願った。

〈二番目の妻とめぐは同じような生い立ちです。二人とも本当の意味で安らげる安定した場所をいまだに探しています。現状に妥協する事なく、常に高い理想を掲げ続けていると思います。それだけに、一度得たものに対しては二度と失いたくないと、必要以上に守ろうとするわけです。彼女たちは地獄からやっと抜け出したのだから、聖域を求めさすらわなければ、叶《かな》えられないのです。それを僕に求めてきた時、僕はいつも叶えようとしていました。どんな事をしてもです。

実は、光代がその当時はまだ会えなかった実父に対する思いを語ってくれた時や、めぐから「お母さんと暮らしたい」と聞かされた時に、子どもから慕われているこの親たちが羨《うらや》ましく思えて、「娘もこう思ってくれていてほしいなあ」と、光代やめぐの親探しを実現すべく、本腰を入れたといういきさつがあります。それは、僕も子どもたちから「逢《あ》いたい」と思ってもらいたいという期待が込められていました。すごく皮肉でもありますよね。だって、僕の方から反対に遠ざかっていったのですから。

今さらながら僕は、自分が二人の子どもたちにした冷酷な仕打ちを悔やみます。それでなぜ他人の家の子どものめぐを「虐待から救ってあげた」などと言えるのかと思います。子どもからしてみれば、「私たちを放ったくせに何言っている」となってしまうからです。

結局、今回の最大、最悪の被害者は二人の子どもたちです。僕は二人が生まれて来た時に死ぬほど嬉《うれ》しかったのに。その時死んでおけば良かったですね〉

山田は二番目の妻、光代とも二年半で別れた。

山田が手紙を通じて繰り返し訴えたかったのは、要は次の一点に尽きるようだった。自らが家族の愛情を得られない不幸な人生を送ってきたため、そして同じような悲惨な人生を歩んできた女性を近くで見てきたため、似たような恵まれない環境にあるめぐを救い出したかった。実の子どもたちは救えなかったが、だからこそ、めぐだけは何としてでも助けてあげたいのだと。

第三章　脱出

〈二人の間の距離がどれ程近かったかは、もうちょっとご説明の必要があるかとは思いますが、誰でも持っているものとは、そう変わらないかと思います。たった一人きりで生きていく自信のある人は別ですが、それ以外の大多数の人達は、すぐそばに、大切な人がいる事を不愉快とは思わないはずです〉(山田敏明の手紙より)

二〇〇四年、ゴールデンウィークの合間の平日の昼下がり、山田はコンビニエンスストアの駐車場に車を止め、待っていた。流れる時間も、行き交う人々の表情もどこか弛緩《しかん》している。

待ち人は、まだ来ない。

発泡酒の五百ミリリットル缶の中身は、みるみるうちに減っていった。

「また飲んでるのね」

顔見知りのコンビニの店員に声をかけられると、曖昧《あいまい》に頷《うなず》いてみせることしかできなかった。なぜここでこうしているのか、その理由を言うわけにはいかないのだ。

——今日こそは、来るのではないか。

彼女と初めて会ったのも、このコンビニだった。必ず、姿を見せるに違いない。再会を期待できる場所として、ここ以上にふさわしいところはないはずだ。

——だが、本当に会えるのだろうか。

待ち伏せを始めてから、すでに一週間以上が経《た》っていた。四月下旬に転居を済ませてから、このコンビニと、そこから五分のところにあるドラッグストアで、平日の午後はすべて、ひたすら待つことに費やしていた。

不安を拭《ぬぐ》いさるように、残りの発泡酒を一気に胃に流し込んだ。

警察からは「二度と会うな」と忠告されている。一ヶ月あまり会わない間に、彼女も変わっているかもしれない。

――やっぱり会わない方がいいのだろうか。僕を受け入れてくれないのではないか。

それでも山田は、待っていた。ただひたすら、めぐが姿を現すのを待っていた。

期待と不安で胸が張り裂けそうになっていると、自転車に乗った女児二人連れが駐車場にやってくるのが目に入った。

――めぐだっ。

反射的にそう思った。素早く女児に視線を向ける。だが、まったくの別人だった。

――誰でもめぐに見えてしまうのかな。

自嘲《じちょう》気味に心の中でそう呟《つぶや》いた瞬間、ギョッとした表情で山田の方を見ている少女に気づいた。今度は、間違いなく、めぐだった。

めぐは山田の車に近づかないようにして、自転車を止め、コンビニの中へ入った。

山田の方へは、一度も顔を向けようとしない。身を硬くして緊張しているように、山田の目には映った。

めぐは友達ふたりと合流すると、それぞれの自転車に乗って、山田の目の前を通り過ぎて行ってしまった。

ルームミラー越しに、去っていくめぐを見つめ、山田は肩を落としていた。やはり、めぐは自分との関係を断とうとしているのだ。

——終わったな。

山田は車のエンジンをかけ、立ち去ろうとした。

その時、一台の自転車が方向を変え、こちらに戻ってきた。その少女は駐車場で自転車を降り、何をするでもなく、佇《たたず》んでいる。それが誰かわかったとき、胸の中で何かが躍り出すのがわかった。

山田は車を降りて、声をかけた。

「久しぶり」

「ああ、びっくりした。誰かと思った。どうしたの」

先に声をかけてきたのは山田であって、決して自分からではない。めぐの態度はそう言い訳をしているように山田には感じられたが、そんなことはどうでも良かった。

めぐの声が聞けただけで、それまでの緊張が解け、すべての苦労が報われたような気持ちになっていた。一ヶ月ぶりに会えためぐ。ついさっき感じたばかりの絶望などどこかに消え去り、山田はめぐとの会話に心地よく浸っていった。

「俺さあ、今度引越しちゃったからさ」

「離れたところにでしょう」

「いや、違うよ。まだこっちだよ」

「この前、アパートにいるかと思って行ったんだよ。いなかったね」

「あそこじゃなくて、別のところ。これ新しい携帯の番号だから」

山田は携帯電話の番号が書いてあるメモをめぐに渡した。そして、さらに一歩踏み込んだ。

「今、遊べる時間あるなら、部屋を見せてあげる」

「大丈夫。行きたいなあ」

気がはやる山田は、その場で車に自転車を載せるように促したが、めぐは「ここじゃまずいよ」と、少し離れた場所で積み込むように命じた。

山田の新居は以前のアパートと同じ町内、めぐの生活圏内にあった。

「わりかしきれいじゃん」

以前の山田のアパートは、ひどく汚れて散らかっていたので、めぐは足を踏み入れようとしなかった。だが、引越してから、まだ散らかるほど時間は経っていない。

「この部屋はめぐが中学生になる頃まで借りられるよ」

ここを新居に選んだのには、理由がある。もしも、めぐが遊びに来てくれなかったとしても、近くに住む前妻が訪れてきてくれないだろうかという期待を持っていたのだ。このアパートを仲介した不動産会社の女性にスペアキーを渡そうとして、「いらないから」と断られたこともあった。とにかく、誰でも良いから来てほしかった。誰かが来る可能性だけは、残しておきたかった。

しかし、もう「誰か」などと曖昧な期待を寄せる必要はない。今、自分の隣には、あのめぐがいてくれるのだ。めぐとふたりでいる、それだけで自然と気持ちが和んでいくのが実感できた。

「明日は午前中で授業が終わりだから、給食が終わって、来られたら来るね」

めぐは不確かな約束しかせずに去っていったが、ひとり、部屋に残された山田は充実感に包まれていた。

また、めぐと会えた。

顔がにやけてしまい、仕方がない。

しかし、ほどなくしてその幸福な時間を引き裂くように、突然、激しいノック音が響き渡った。

――めぐが家人に知らせて、一緒に来たのか。

めぐとの〝密会〟が知られるところとなれば、ただでは済まないだろう。不吉な思いが頭をよぎる。

だが、ドアを開けると、そこに立っていたのはめぐひとりだった。その手にはプルトップがいっぱい入ったコーヒーの空き缶があった。

「あんたの家には空き缶がいっぱいあるから、プルトップもたくさんあるでしょう。もらいに来たの」

めぐの息は荒く、弾んでいた。

すでに、時刻は夕方になっていた。門限を破ってまで、言いにくる用件ではない。山田には、めぐが言い訳を見つけて抜け出し、わざわざ自分に会いにきてくれたように感じられた。

――私はこういう風にいつだってここに来られるんだよね。

めぐが山田に無言で確かめているように思えたのだ。山田も、胸の内で答えた。

――僕は逃げないよ。

コンビニでめぐを待つということだけで、警察やめぐの家族から咎《とが》めを受けることを覚悟はしていた。しかし、めぐを見るだけではなく、声をかけ、携帯電話の番号を教え、アパートに呼ぶというように、どんどん約束を破っていく。箍《たが》が外れていくのが、自分でもわかる。だが、めぐはこうして自分を必要としてくれているではないか。

翌日も、自転車に乗ってめぐは山田の家を訪れた。「来られたら来る」という前日の曖昧な約束を、めぐはしっかり守ってくれたのだ。時刻は昼過ぎ。給食が終わってすぐ来たに違いない。山田はめぐを車に乗せ、デパートへと急いだ。「買い物に行こう」と、前日に約束していた。今度は自分がそれを守る番だった。

デパートへの道中、山田はめぐに刑務所の話を振った。

「俺は君とこうして会っちゃったから、そういうところへ入るかもしれないよ」

「何で？」

めぐはきょとんとしていた。

めぐを連れ出すという行為がどんな事態になるのか自覚していることを、山田はそれとなく伝えたかったのだろう。自分はいけないことをしているのだ、罪の意識は持っているのだ、無分別な男ではないのだと。だが、端から見れば、それは都合の良過ぎる自己正当化に過ぎない。悪いことをしているからそれを止《や》める、めぐとはふたりで会わない、とはならなかった。

デパートに着くと、ふたりは夫婦茶碗《めおとぢゃわん》、箸《はし》、フライパン、米、卵を買った。普段から、めぐは山田の箸の持ち方を、「なってないよ」と口やかましく言い続けていた。山田の持ち方を矯正するために、幼児用矯正箸をめぐが選んだ。

「卵料理が上手なんだよ」

めぐは誇らしげに言った。

山田のために、料理を作ってあげるというめぐ。ふたりの距離は、離れていた時間などまるでなかったかのように、再び、縮まっていった。

山田のアパートに戻ると、めぐは料理を始めた。門限を考えれば、残された時間はそう多くない。手早く米を研ぎ、炊飯器を早炊《はやだ》きモードにしてスイッチを入れた。そして、先ほど買ったばかりのフライパンにサッと油を引き、卵をふたつ落とし入れる。めぐは、炊き上がったばかりのご飯をよそい、日本茶を淹《い》れた。

「どう？　美味《おい》しい？」

めぐは山田の顔を覗《のぞ》く。

「すごく美味しいよ」

目玉焼きだけのおかずだったとしても、めぐが初めて作ってくれた料理に、山田は感激していた。山田は、めぐが自分に尽くしてくれることで、今まで以上に幸せな気持ちになった。これこそが、ずっと憧《あこが》れていためぐと過ごす〝恋人〟の時間に他ならなかった。

夕方の門限まであと少ししかない。別れまでの時間を惜しむかのように、ふたりはビデオを見た。

座椅子《ざいす》にもたれる山田の膝《ひざ》の上に、甘えるように寄りかかるめぐ。その髪からは、潮風のような湿り気を帯びた香りが湧《わ》きあがってくる。

山田はめぐと初めて出会った日のことを思い出していた。あのときも、めぐは運転する僕の膝の上に乗っていた――。

だが、長々と感傷に浸っている余裕はなかった。門限が迫っていたので、部屋を出て山田はめぐを途中まで送っていった。まだ、ほんの少しだけ、山田にも理性が残っていた。

別れ際《ぎわ》に尋ねた。

「明日はどう？」

それは、もはや少女を見守る成人男性としての言葉ではなかった。つき合い始めたばかりの恋人が、後ろ髪を引かれる思いで切り出す甘えの台詞《せりふ》以外の何物でもない。

「わかんないけど、たぶん大丈夫」

また明日もめぐと会える。そのことだけで、山田の心は満たされた。

アパートに戻り、明日の逢瀬《おうせ》の期待を胸に、食事の片づけをしていた山田。すると、ドアをノックする音と同時に、何度も連打されるチャイムの激しい音が聞こえてきた。

――今度こそめぐの家族にばれたか。

山田がドアを開けると、そこにはめぐひとりがいた。逢瀬のチャンスは、一日と待たずに巡ってきたのだった。しかし、めぐの口から出てきた言葉は、逢瀬には似つかわしくないものだった。

「お金お金」

十歳の少女に金をせびられる山田。しかし、山田が惨《みじ》めな自分の立場を疑問に感じることはなかった。

「いくら？」

「いくらでもいいよ。早く」

小銭がなかったので、山田は千円札を渡した。めぐはアパートの外で待っている友達に向かって、「ねえ、お金もらったよー」と叫びながら、外階段を下りて行った。

めぐはコンビニで昆布菓子をふたつ買った。

その時めぐと一緒にいた、二歳年上の友達はこう証言している。

「めぐちゃんは、おじいさんに『お金をちょうだい』とお小遣いをおねだりしてたみたい。でも、『だめだ』と言われたんだって。そしたら、めぐちゃんは『お金をもらいに行くから、一緒について来て』とおじさんのアパートに私を連れて行ったの。『内緒にしておいてね。誰にも言わないでね』って言ってた」

十分後、またぐがやってきた。

「ロックもチェーンもかけてないから、今度からはいちいちノックもチャイムもしなくていいから」

近所迷惑になることを山田は心配した。

「これお釣り」

五百円玉と百円玉、一、二枚の釣り銭を山田に渡した。

そして再び、外に待たせておいた友達と合流して、どこかへ立ち去った。

そのさらに後、めぐはこの日四回目の訪問をする。山田を困らせることが楽しいのか、めぐは山田の言いつけを守らず、またしても激しくノックをし、何回もチャイムを「ピンポンピンポンピンポン」と鳴らし続けている。

「へへ、また来ちゃった」

「どうしたの？　もうとっくに門限を過ぎてるのに大丈夫？」

「明日はお休みだから平気なの。それに、今日うちにおじいちゃんいるから、怒られないよ。大丈夫。遊ぼうよ」

祖父がいれば、祖母と叔父はそれほど怒らないとめぐは言うのだ。

「今日、ここに泊まりたい！」

めぐはそう声を上げると、「あ、そうだ。お風呂《ふろ》掃除しよう」と部屋に上がりこみ、風呂場へ向かっていった。

濡《ぬ》らさないようにズボンを脱ぎ、パンツ姿で、浴槽を磨き始める。

「ねえ、この洗剤使っちゃうよ」

めぐは、洗濯機の上にあった洗剤の中身を全部浴槽にぶちまけた。それで滑ったかのように、浴槽内で尻餅《しりもち》をついた。

「あー、これで帰ったら怒られちゃうから、帰れないよ」

下着にはべっとりと洗剤が付着している。山田の目には、めぐの行動が不自然に映った。家に帰らなくていい口実を必死に作っているのではないか。いや、その先の何かを求めているのかもしれない——。

山田はこのままアパートにいれば、たとえめぐの家族や警察に知られても、「めぐが勝手にアパートに来ただけだ」と言い張れると考え始めていた。

一方、門限を過ぎてしまった今、めぐをどこかへ連れ出せば、もう言い訳することもできずに、今度は逮捕されるだろう。しかし、山田はめぐとずっと一緒にいたい、めぐの喜ぶ顔を見たいという気持ちを抑えることができなかった。

「ねえ、垢《あか》すりができるところに行こうか」

以前から、めぐは垢すりがしたいと言っていたのを思い出した。

「行こう行こう」

山田は着の身着のままで、生活保護の残りの八万円が入った財布と、黄色いセカンドバッグを持って、家を出た。

外には「夕焼け小焼け」のメロディが響いていた。

後に山田はこのときのことを振り返っている。

〈再会してまだ二日目。それにこの部屋にはむこう二年は住んでいられるのに。めぐはなぜそこまで事を急いだのでしょう？　帰れなくなる訳をめぐは自ら創《つく》り出す事で、僕に決断を迫りました〉

めぐの自転車を車に積み込み、山田は幹線道路沿いの健康ランドへ向かった。

その健康ランドの周りには、飲食店や大型店舗、工場などが無計画に立ち並ぶ。健康ランドと一本道を挟んだ向かいには、結婚式場、そしてそのすぐ隣には、城をかたどったラブホテルが陣取っている。周囲の風景とは一線を画すように、その一帯だけが爛《ただ》れたように浮いていた。

この日、山田が健康ランドに来た理由は、そこで垢すりができるということに過ぎない。しかし、偶然にもここに辿《たど》り着いたことが、その後のふたりの大きな転機になったといえる。

ここに来なければ、沖縄へ行くこともなかったであろう。ふたりは、この禍々《まがまが》しさばかりが際立《きわだ》つ健康ランドで、泥沼に足を突っ込んでいくことになるのだった。

夕暮れの道は渋滞していて、到着したのはすっかり辺りも暗くなった午後七時頃のことだった。

その健康ランドは、一階から三階が浴場やゲームセンター、床屋、カラオケボックスなどの娯楽施設で、四階から七階までが宿泊施設となっている。浴場には三種類のサウナ、露天風呂、ジェットバス、そして鉄棒などの遊具が備えられたプールもある。

これから垢すりを済ませれば、ふたりで一緒に泊まることになるのはわかりきっていた。それでも、山田は引き返さなかった。フロントに寄った山田は、宿泊の手続きを済ませた。支払った代金は約九千円。めぐのために、すぐに垢すりの予約を入れた。

初めての垢すりを、めぐは楽しんでいる様子だった。興奮が覚めやらないのか、垢すりを終えるとめぐはゲームコーナーに移動し、置いてあるほとんどのゲームをやり尽くした。特にパチスロのゲームが気に入ったようだった。もう遅いから部屋に戻ろうと山田が諭しても、めぐはまったく意に介さない。

「まだやってるから、先に帰っていいよ」

結局この日、めぐはコインゲームだけで五、六千円も費やした。ふたりがようやく寝たのは、午前三時を回った頃だった。

翌日の朝。チェックアウトの時間が迫っていた。

ここで切り上げ、アパートに戻っていれば、まだ大事にならずに済んでいたかもしれない。最後のチャンスだった。

「残りたい」

そう駄々をこねるめぐに、山田はあっさりと従い、連泊の手続きを取った。

健康ランド一階の男湯に轟《とどろ》く、山田の怒声。

「何見ているんだ」

続いて山田の口から出てきた言葉に、山田自身は何の違和感も覚えていなかった。

「俺の娘をいやらしい目で見るな」

山田は、二十歳くらいの青年を怒鳴りつけ、めぐをちらりと見た。

山田も青年も、そして一緒に男湯に入っていためぐも、全裸だった。

「どうしてくれるんだ」

素っ裸の青年の陰部を摑《つか》み上げ、なおも山田は青年に詰め寄った。その青年は、めぐの身体《からだ》を見て、性器を屹立《きつりつ》させていたのだ。しかも、脱衣場に上がった後も、めぐの後ろにくっついてきていた。

「……すみませんでした。これで勘弁してください」

青年はあっさりと五千円札三枚を山田に手渡した。

生活保護で得た金を握り締めアパートを飛び出してきていた山田に、予想外の収入が嬉《うれ》しくなかったはずはない。山田は念を押した。

「謝罪をしてお金を出すというのは、お前が悪いことをしているって気持ちからだぞ」

青年はおとなしく引き下がった。山田は、一万五千円の臨時収入を手に入れることに成功した。

「さっきの兄ちゃんは、めぐのことで罰金を払ったんだから、この金はめぐのものだよ」

やり取りを聞いていためぐは、当然のように現金を受け取った。そして、それはめぐのゲーム代として消えた。

恐喝と言われかねない山田の行為だったが、相手が抵抗を示さなかったため、とりあえず事なきを得た。だが、その後、偶然と言うにはあまりに不可思議な連鎖が始まることになる。

めぐはよほど垢すりが気に入ったのか、もう一度したいと言い出した。山田は午後六時に予約した。

予約までの待ち時間を潰《つぶ》すため、山田は再びめぐを伴って男湯に入った。めぐは居合わせた同世代の男の子たちと遊び始めた。傍らには、風呂場にもかかわらず水中メガネをしている七十歳を超えた白髪の老人がいた。山田の目の前で、老人や男の子たちとはしゃぐめぐ。もちろん、全員全裸だった。

「お前と遊んでいるより、面白いよーだ」

楽しそうに遊ぶめぐは、山田に悪態をついた。

山田の気持ちは沈んでいた。傍目からは小学生の女の子にからかわれている中年にしか見えない光景だったが、山田の気分が優れなかったのはそのことが理由ではなかった。こうして、めぐの笑顔を見ていられる生活がいつまで続くのだろうか……。

感傷を振り払おうと、山田は自動販売機で買ったビールを一本飲み干した。浴場に戻ると、山田の気持ちは晴れるどころか更にささくれだつことになる。

「おじいさんにお尻を触られたの」

山田は怒りに燃え、老人のところに近づいてすごんだ。

「私がいない間、娘と遊んでいただいたようですけど、娘に変なことされちゃ困りますよ」

「はあ。全然」

否定する老人。山田は口調を強めた。

「娘が言っているんだから、認めてくださいよ」

老人は、何もしていないと言い張る。

食い違う両者の言い分。警察への通報が行われた。

「これを預かっておくからな」

交番から警察官が来るまでの間に、山田は老人の財布から一万円を抜き取った。そのことを駆けつけた警察官にも伝えたが、結局、当事者同士で話し合うよう言い残し、警察官は帰っていった。山田は聞かれるままに名前と住所を告げたが、めぐを連れているることがばれて逮捕されるのではないかと心配していた。だが、それは杞憂《きゆう》に終わった。

警察が去った後、老人はめぐに謝り、さらに三千円をめぐに渡した。しめて、一万三千円。思わぬ臨時収入を再び手に入れることに成功した。

めぐが男湯で被害に遭う、山田が加害者に詰め寄る、金を巻き上げる——。

一日に二度、同じことが起きていた。むろん、単なる偶然なのかもしれない。この健康ランドには、実際、悪さをする手合いが多かった可能性も考えられる。だが、三度も同じことが立て続けに起こるなどということはまず考えにくい。

しかし、そのあり得ない三度目が起こるのであった。

翌朝、一旦《いったん》、山田たちは健康ランドを出たが、向かった先は山田のアパートでもめぐの自宅でもなかった。

「まだ遊びたい。ここを出てどこかへ遊びに行こう」

めぐが言うままに、山田はある自然公園へ車を走らせた。垢すり、ゲームに加えて、カラオケ、飲食代、健康ランド施設内で催された旅芝居見物と二日間の放蕩三昧《ほうとうざんまい》で、生活保護費の八万円と臨時収入の二万八千円は、底を突きかけていた。残金は二万円程度になっていた。

途中、ガソリンスタンドで、千円分だけガソリンを給油。到着した自然公園では、乗馬などをした。昼食には、肉料理を食べた。そして、やはりアパートに帰ることなく再び健康ランドにふたりは戻った。

残金は約三千円。健康ランドの入館料は、割引券を使うと、大人が千三百五十円、子どもは千円だった。入館することはできるが、垢すりをする金はない。しかし、山田は垢すりを予約した。しかも、一番高い九千円のコースを頼んだ。

——明日は月曜日だ。学校があるので、めぐを家に帰すしかない。ならばいっそのこと、金を使い果たして、健康ランドの人に警察を呼んでもらおう。

めぐと離れたくないという山田の願望は、完全に倒錯したものになっていた。しかも、二度の被害に遭った健康ランドに戻るのも異常だが、またしても男湯に入ろうというのだ。

実際、入館時、フロントの女性が極めて常識的な注意を促している。

「お嬢さんは女湯に入れてくださいね」

しかし、山田は取り合わなかった。

「同じことが二日も続かないでしょう。大丈夫ですよ」

そして、ふたり揃《そろ》って男湯に入っていくと、偶発的なのか、それとも案の定と言うべきなのか、「三度目」が展開された。

めぐが男湯で被害に遭う、山田が加害者に詰め寄る、金を巻き上げる――。

お決まりのパターンが繰り広げられていった。ただひとつ、それ以前の二回と違っていたことといえば、相手の男がそれまで以上に弱腰だったこと。そして、山田が〝場なれ〟していることだった。

浴場には、小学校五年生の男の子を連れた、おとなしそうな成人男性客がいた。めぐは、その男の子と戯《じゃ》れていた。山田が目を離していると、めぐが駆け寄ってきた。

「鬼ごっこしているときに、おじさんに胸やお尻《しり》を触られて嫌だった」

「うちの娘に変なことしたんじゃないのか。めぐの体を触っただろう」

山田は、男の顔を平手で何度か叩《たた》いた。足も出した。めぐまでけりを入れていた。

山田の剣幕に、他の客が従業員を呼びに行った。

「誠意を見せろ。めぐに対して、お前はどう償うんだ。昨日も同じようなことがあって警察を呼び、金をもらったんだ。警察を呼ばれても仕方がないだろう。示談にしろ」

男は三十五歳で、警備員などをしているという。連れていた男の子は、この男の息子ではなく、健康ランドで偶然会った知人の孫であることもわかった。

「とにかく警察は勘弁してください。金は払います」

男は怯《おび》えていた。警察を呼ぶのだけは止《や》めてくれと、懇願を続けた。逮捕後に山田は知るところとなるが、この三十五歳の男には、二年前、路上で十三歳の少女の乳房を服の上から触ったことにより、条例違反で三十万円の罰金刑を受けた過去があったのだった。

山田は男が手首に巻いていたロッカーの鍵《かぎ》を取り上げた。ロッカーの中の財布を確認すると、百円硬貨が数枚入っているだけだった。

「いくら金を払うんだ」

山田がさらに男を追及すると、横にいためぐが言い放った。

「金だったら、百万円だね。それが無理なら、十万円」

めぐにとっては、百万円も十万円も〝大金〟を意味する言葉という程度の認識でしかなかったであろう。しかし、男は真に受けた。

「十万円払います。明日、給料が入るのでそれで払います」

額面通りに受け取るわけにはいかない。それに、今日で山田の持ち金は尽きてしまうのだ。

「明日まで待てない。今日中に何とかしろ」

山田は、男に詰め寄った。

「サラ金から借りるか」

山田に対して、男は悲しい目で訴える。

「〝ブラック〟なので借りられません」

男にさらなる追い討ちがかけられる。

「交番に連れて行っちゃおう」

すると、男は言うに事欠き「親に相談させてください」と言い出した。三十五歳の大人が言う言葉としては情けないというしかない。だが、山田は男のこの台詞《せりふ》に、別種の感慨を抱いていた。

——こんな野郎にでも親がいるのに、めぐにはいない。

ともかく、この場で現金入手の算段をつけなければならない。山田はティッシュの箱を男に投げつけた。

「あのう、私はどうしたらいいんでしょう」

弱りきっている男に、山田たちが容赦することはなかった。

「もう死になよ」

死を命じられた男は、あろうことかふらふらと目の前の道に出て行こうとした。

「この、バカッ」

通りかかった車の運転手の罵声《ばせい》が飛んだ。男は本当に死のうとしたのだ。もはや、完全に判断能力を失っていた。

山田は男に車を売らせて、現金を得ることも思いついている。男の車を山田が運転し、助手席にめぐ、後部座席に男を乗せて目の前にあった中古車販売店へ向かった。

「高く買ってね」

めぐは無邪気に店員に媚《こび》を売った。しかし、査定額はゼロ。

まだ引き下がるわけにはいかない。なにしろ、山田には目先の金が必要なのだ。

「明日なら給料が入りますから待ってください」

男の懇願は続いた。

「うちらはそれまでどこで待ってるんだよ。それとも、部屋を取ってくれるとでも言うのか？」

「健康ランドの人とは知り合いだから、頼めると思います」

山田に従い続ける男。実際、健康ランドに知人がいた男は料金を後払いするということで山田たちのための部屋を取った。めぐは、宿帳に「山田めぐ」と記し、さらに山田のアパートの住所を書き込んだ。

この日の宿は確保した。だが、まだ現金は一銭も手に入れられていない。

山田は部屋に男を連れ込み、次のような内容の「誓約書」を書かせた。

〈今日、お父さんと娘さんに対し、大変不愉快な思いをさせました。慰謝料として十万円とお詫《わ》び料として五万円の十五万円を支払います〉

現金の目処《めど》は立った。しかし、そこで男を解放する気持ちにはなれなかった。男に対する、さらなる「いじめ」が開始された。

男が連れていた十歳の男児を含めた計四人での「王様ゲーム」が始まる。じゃんけんで勝ったものが「王様」となり、好きな命令ができるルールだ。いんちきをしていたため、必ず男たちが負けた。そして、次々と異様な指示が出された。

男にマスターベーションを披露させる。

男の子の股間《こかん》を触る。

男の子に他人の陰部を触らせる。

ゲームが進むと、服を着ている者はいなくなった。命令内容は、めぐが健康ランドで遭った被害をコピーしたかのように、下半身に関することばかりだった。全員全裸の常軌を逸したゲームが繰り広げられた。

破廉恥《はれんち》極まるゲームを終えると、キャッシュカード、免許証、携帯電話、車の鍵を〝人質〟として預かり、ようやく山田は男を解放した。

男たちが部屋を去りふたりになると、山田はそれまでと同じように、翌日の行動の選択権をめぐに委《ゆだ》ねた。

「明日、学校どうする？」

「行きたくなーい」

山田は、以前めぐが「お母さんを探しに行きたい」と言っていたことや、「沖縄に行きたい」と話していたことを思い出した。山田はそのめぐの気持ちを汲《く》んだのか、それともふたりの甘美な時間を延長したかっただけなのか、もしくは現実に戻ることを拒否したかったのか、こう切り出した。

「ふたりで遠くに行こう。どこまでも行こう。あいつお金くれるし。お母さんを探しに山口に行く？　それとも沖縄に行く？　どっちに行きたい？」

「お母さんは、もういいの。それより沖縄に行こう」

めぐは、母親のところに行くと、すぐに連れ戻されてしまうことを心配しているようだった。

翌朝、男は逃げ出すことなく、健康ランドのフロントで待っていた。三人はすぐに近くのコンビニへ向かった。その車中で、めぐはふざけ半分で、男にも「おじさんも、沖縄に行く?」と声をかけた。

コンビニに着くと、ATMで、男の銀行のキャッシュカードを使って残高照会をした。操作をしたのは、めぐだった。

「二十二万円あるよ。けっこうあるじゃん」

全部引き出してしまおうという山田の言葉を受けて、めぐは二十二万円すべて引き出した。そして、きりのいい金額、二十万円を手元に残した。

このことは後に恐喝事件として立件されることになる。

現金を得たふたりは、健康ランドを出ると空港に車を走らせた。

ターミナルで一番早くに沖縄へ行ける飛行機を探すと、昼に出る便があった。発券機でチケットを買う手続きをしたのはめぐだった。

「ヤマダトシアキ様47M」「ヤマダメグ様10F」

搭乗券には、そう記載されていた。

空港の売店で、めぐは「マップル」の沖縄ガイド本と、青色の自分用の財布、揃いのハンカチ二枚を買った。持ち金はめぐが買ったばかりの財布に入れ、自ら管理している。

飛行機に乗り込み、左側の一番後ろの窓側の席にふたりは座った。山田は小さくなっていく町を見ながら、思っていた。

——沖縄に行ってどうするかはまだわからない。しかし、金が続く限り、めぐと一緒に過ごそう。めぐをひとりの女性として愛している。

こうして、山田による奇妙な〝誘拐〟は進んでいった。

第四章　幻の楽園

〈もう一回沖縄に来ても、もう会う事のできない「山田めぐ」がまだこの沖縄に残っていたままで、元気にやってガンバッテいる様な気がしてならないのです〉（山田敏明の手紙より）

風の影響で定刻より若干遅れ、ふたりを乗せた飛行機は午後三時過ぎに、那覇《なは》空港に着陸した。五月の沖縄の空は晴れ、肌にまとわりつくような暑苦しさが全身を包んだ。

かねてからふたりで「いつか行きたい」と言っていた沖縄だが、山田は複雑な思いを抱えていた。

――これはただの旅行じゃない。警察に捕まるのは確実だろう。

「何してんの早く」

めぐのせかす声で、山田は我に返った。めぐは早速、空港内の売店で、「めんそーれ」という文字が印刷されたTシャツを購入し、その場で着替えた。

「早く泳ぎたーい。水着を売っているところはどこ？」

めぐが店員に尋ねている。

「県庁そばのデパートで売っているよ」

すぐにモノレールに乗って、水着を買いにデパートへ向かった。到着するや否《いな》やの買い物三昧《ざんまい》――。ふたりの姿から〝誘拐〟という言葉の持つ切迫感を感じ取る者はいなかった。

めぐは当初、「ビキニの水着が買いたい」とはしゃいでいたが、結局、幼少の頃に受けた手術跡を気にして、ビキニは諦《あきら》め、傷跡が隠れる水着を購入した。山田は、子ども用の海水パンツの大きめのサイズを買った。子ども用の方が安いからである。そのほかに、ビーチボールや浮き輪など計二万円以上の品物を買い込み、デパートの袋を何個も山田が持って、タクシーに乗り込んだ。

「こっから一番近い泳げる海へ」

めぐが自ら運転手に話しかけていた。タクシーは那覇市内にある人工ビーチへ向かった。

しかし、到着すると、そこはふたりにとっては関東の海と変わらないように思えた。人工の狭い砂浜のすぐ先の海上には、高架の道路が横断し、トラックが頻繁に行き交っている。ブイで仕切られた海水浴場は、地元のプールとさほど変わらない広さ。期待していた南国の解放感は、そこにはなかった。

それでも、更衣室で着替え、海に入った。山田が浮き輪やボールに空気を入れているのを横目に、めぐは海に走って行く。

「ひゃ、冷たーい」

この海で泳ぐのはまだ早かった。

空港でめぐが買ったガイドブックを開いてみると、すぐ近くにレジャープールがあることがわかった。ふたりはそこを目指して、水着のままで歩き始めた。

高架の道路を走る車の喧騒《けんそう》が少しずつ遠ざかっていく。路地裏を歩いていると初めてくる場所なのに、山田にはなぜか懐《なつ》かしく感じられた。そのあたりは昔、ヤマトンチュ（本土出身者）のために開発された色街だった。

結局、目的地にプールはなかった。ホテルに変わっていたのだ。しかし、夕暮も迫っていたので、「沖縄最初の夜くらいはリッチにいこう」とそのホテルに宿泊することにした。一部屋九千円。山田の全財産である、健康ランドで〝仕入れた〟二十万円から、二名分の航空券代、水着購入代を差し引いた残金を考えると、大金だった。

通されたのは、九階のツインルーム。部屋からは海が一望でき、洋上を行き交う船が見渡せる。その海を西に進めば、慶良間《けらま》の島々が浮かぶ。

山田がぼんやりと外を眺めていると、めぐの顔色が変わっていた。

「体中にボツボツができて、ハシカになったみたい」

確かに、赤い斑点《はんてん》が腕に現れている。めぐが家を出てから、四日が経過していた。疲れが溜《た》まり、何かの病気に罹《かか》ったのだろうか。すぐにホテルの人に頼んで、近くの病院を探してもらい、タクシーに乗った。それまでにも山田はめぐを病院に連れて行ったことが度々あった。虫歯の応急処置や乳歯が生え替わるとき、近眼のために検眼したときなど。動物園で突然めぐが倒れたこともあった。

だが、診察の結果は、垢《あか》すりのし過ぎで、肌が敏感になっているとのことであった。後に、私が医師に確認したところ、めぐは「きゅうりを潰《つぶ》したものを使った韓国式マッサージを受けて、それで体がかゆい」と言ったという。医師は接触性皮膚炎と判断して、湿疹《しっしん》用の薬を出した。

病院の受付の二名の女性は、それぞれめぐについて、後に私にこう語った。

「問診表も全部お子さんが自分で書いて、会計もお子さん本人がしていました」

「笑いながらしゃべっていたり、仲が良さそうに見えました。お子さんは大人っぽい感じがしました。ため口だし、気が強そうな印象です。全部お子さんが仕切っていたように見えました」

そして、「誘拐だなんてまるで気がつかなかった」と口を揃《そろ》えた。

ほっとした山田とめぐは急に空腹を覚えた。その日の朝に健康ランドで食事をとって以来、何も食べていなかったのだ。ホテルのそばにあるファストフード店で夕食をとることにした。山田はゴーヤが入ったハンバーガー、めぐはいつも通り、チキンとポテトを二人前食べた。

だが、束《つか》の間《ま》の夕餉《ゆうげ》をゆっくりと楽しむ間もなく、そこでふたりは言い争いをしている。山田が追加注文しようとするのを、めぐは断固許さない。

「じゃあいい」

山田がすねて席を立ってトイレに向かうと、めぐが心配そうに様子を見に来た。

「わかったからこれで買いなさいよ」

めぐは山田に、小銭を渡した。財布はめぐが握っていた。

「今度だけだからね」

まるで、長年連れ添った姉さん女房と甲斐性《かいしょう》のない旦那《だんな》のような会話である。だが、山田はめぐの言いなりになることに喜びを感じていた。

ホテルに戻ってもめぐにおとなしく寝る気配はない。先ほどのデパートに浴衣《ゆかた》を買いに行きたいと言って、フロントへ自分で内線電話をかけ、タクシーを呼んでもらった。七時を過ぎていたが、沖縄の夜は長い。

めぐは約二万円の浴衣を買って、店員に着付けをしてもらった。おもちゃ売り場では、五千円分もの花火と使い捨てカメラも買った。

「どこか花火ができるところへお願いします」

今度もめぐがタクシーを止めた。怪訝《けげん》そうな顔をしている運転手の案内で向かった浜辺で花火をすることになった。しかし、ふたりだけでは一晩かかっても終わらないほどの量であった。隣でふたりの若い女性が花火をしていたので、めぐは「あの人たちに一緒にやりませんかって言ってきてよ」と山田にせがんだ。彼女たちも合流して、花火を楽しむことになった。

「僕たちは関東から昨日来ようと決めて、さっきこっちに着いたんだ」

「へえー、すごい。昨日考えて、今日もう来ちゃったなんて行動早いですね。本当にいいお父さんで良かったね」

山田が、女性たちとめぐの頭越しに話を始めると、めぐの機嫌はどんどん悪くなっていった。めぐは、火のついた花火を、山田や女性たちに向かって投げつけ始めた。暴れ回ったため、めぐの浴衣は着崩れしてしまっている。山田はめぐをなだめるように謝った。

女性たちと別れてから、めぐは言った。

「楽しかったでしょうね、あんたはね。どっちの子が良かった？」

「めぐだよ」

夕食時に倦怠期《けんたいき》の夫婦のような会話をしたかと思えば、本当の恋人のような甘ったるいやり取り。やはり、ふたりが親子でなく誘拐犯とその被害者であることに、誰も気づくことはなかった。

余った花火をホテルに持ち帰ったあとも、めぐはまだ休もうとしない。

「ねえ、首里城に行きたいって言ってたよね。これから行ってもいいよ」

八時頃だったので、「もうこんな時間だから」と山田はためらったが、「まだ早いじゃん、行こう行こう」とめぐは言い張った。タクシーで向かった首里城はライトアップされていた。めぐを肩車した山田は、沖縄のおばけの話をしながら城の周りを散歩した。

再びホテルに戻っても、めぐのハイテンションは収まらず、洗った水着を干すためにベランダに出ると、「ここで花火をしよう」と言い出した。最初は線香花火をしていたが、とうとう打ち上げ花火までベランダでやり始めてしまった。さすがに怒られると思い、花火を持って外に出て、道路から柵《さく》を乗り越え、海に面した空き地に入った。とても一日では消費し切れないかに思われたすべての花火が尽きるまで、めぐは寝ようとしなかった。

山田とめぐが出会った日も、海岸や公園でこんなふうに花火をしていたことを山田は思い出していた。そのときの情景が、ひとつひとつの花火とともに、頭をよぎっては消えていく。

そのうち、ホテルを彩《いろど》るきらびやかなネオンも消えて、辺りは真っ暗になった。ようやく、めぐはベッドに横になった。

めぐが寝息を立て始めた後も、山田は眠れずにいた。部屋を抜け出して、めぐに内緒で自動販売機でビールを買い、その場で一息に飲み干した。部屋の椅子《いす》に腰かけ、闇《やみ》に沈んだ海と、めぐの寝顔を交互に見やりながら、今までのことについて物思いにふけった。考えることはただひとつだった。

——めぐと一体いつまで一緒にいられるだろう。

翌朝、めぐは朝食をとるのもチェックアウトをする時間さえも、もどかしいという様子だった。前日病院に行く際に利用したタクシーの運転手から、北谷《ちゃたん》にオープンしたばかりのプールがあると聞いていたからである。めぐはすでに自分でタクシーを呼び、服の上から浮き輪をして、ビーチボールを手に持っている。

「何してんのよ。本当にグズグズして遅いんだから」

荷物をまとめる山田を、めぐがせかした。

ホテルからタクシーで三十分あまりで、北谷町に到着した。米軍基地の跡地を埋め立てた場所に、観覧車や飲食施設などが建ち並んでいる。

目指すプールは、温浴施設「ちゅらーゆ」。めぐは男性用の更衣室で水着に着替えた。手前に浴場があり、その脇《わき》を通り抜けると屋外プールが広がっている。

めぐは、前日から引き続いて目を輝かせていた。平日で客も少なく、プールから直接白い砂浜にも出入りできる。売店で小さなアクセサリーを買い、浜に出て波打ち際《ぎわ》に砂の城を作った。

出会った頃にプールに行ったときは、めぐはほとんど泳げなかったが、この頃になるとすっかり上達し、スイスイと浮き輪なしで泳いでいる。

山田は温水プールに地元の老女とふたりでつかっていた。『島人《しまんちゅ》ぬ宝《たから》』という三線《さんしん》のメロディが流れていた。

降り注ぐ太陽に照らされた明るい光景。山田には、めぐが〝河童《かっぱ》のような天使〟に見えてくる。地上の楽園のように思われた。

すごく楽しいのに、時間はゆっくり流れていく。倦《う》みはいっこうに訪れない。時が止まったか、永遠になったか。

——ここに来られて良かった。このまま時が止まればいい、この状態が永遠に続けばいい。

このときばかりは、逮捕への恐怖も、どこかに消え去っていた。

めぐもくつろいだ表情をしていた。ふたりはまだ陽が沈みきらない七時頃まで時を忘れて遊んでいた。

「明日も来たい」

めぐの高揚感は続いている。山田は二つ返事で応じた。

「それじゃあ、この近くで泊まろう」

山田は腰をあげ、ちゅらーゆのフロントで尋ねた。

「どこか近くで安い宿はありませんか？」

持ち金を考えれば、一泊九千円の贅沢《ぜいたく》など、もうするわけにはいかなかった。

めぐが広間にある足裏マッサージ機で楽しんでいる間に、フロント係の女性はインターネットで検索して、プリントアウトした紙を持ってきてくれた。そこには、あるゲストハウスの名と場所が記されていた。一泊大人二千円、子ども千円。ふたりはそのゲストハウスに泊まることに決めた。

フロント係の女性は、私の取材に対してふたりの印象をこう語った。

「後で、警察の方が来てびっくりしました。どうみても親子に見えました。お子様が怖がっている様子などまったくなかったですね。お財布はお子様が持っていました。『君が決めて払ってね』『お金を管理してね』とお父様がおっしゃると、お子様も『お金これだけあるよ』とかわいい子ども用の財布からお金を出していました。お父様のことが好きで、楽しんでいる様子でしたよ」

彼女の目にも、ふたりが何か特別な事情を抱えているようには映らなかった。

もらった略地図を見ると、そのゲストハウスはそんなに遠くないように思えたので、ふたりは歩いて向かうことにした。道中、大手チェーンスーパーがあった。めぐはそこに入って行き、おもちゃ売り場に直行した。

「あたし、小さいときにこれがすごく欲しかったんだ」

めぐは言うと同時に、ショッピングカートにおもちゃを載せた。ミルク飲み人形で、寝かすと目を閉じるものだった。

「ねえ、買ってもいいでしょう?」

めぐが財布を握っているのにもかかわらず、山田に甘えたように聞く。めぐはこれまで満たされなかった十年間の思いの埋め合わせを、自分としようとしているのだ。三、四歳の幼児向けのおもちゃを欲しがるめぐを見て、山田は確信した。

おもちゃの大きな箱をいくつも抱えて、山田とめぐは宿を目指して歩き出した。しかし、商店街を抜け、住宅街に入っても、目的地は見えてこない。

結局、通りかかったガソリンスタンドにあるピンク電話から、宿に電話して迎えに来てもらうことにした。

しばらく待つと一台の軽自動車が来た。ゲストハウスの男性オーナーであった。

ゲストハウスは、米軍関係者の旧住宅を改装した平屋建ての建物だった。めぐは宿に到着すると、いつの間にか宿帳にすらすらと山田の住所、氏名、そして「山田めぐ」と書き込んでいた。そしてオーナーは、どの宿泊客にもするように、ふたりをポラロイドカメラで撮った。

疲労を滲《にじ》ませつつも、晴れやかな顔をして、ふたりはカメラに収まっていた。

部屋は、男女別の相部屋である。めぐは、男性用の部屋で山田と一緒に寝ることになった。男性のバイトスタッフも同じ部屋に寝泊まりする。貧乏旅行をする学生が好んで使いそうな安宿だった。

前日に泊まったホテルに比べれば、財布への負担はかなり軽減される。ここにいれば、めぐとの生活を一日でも長く楽しむことができるはずだ。
だが、山田はオーナーに対する敵意を抱き始めていた。オーナーがめぐを連れてレンタルビデオ店に行き、『火垂《ほた》るの墓』『千《せん》と千尋《ちひろ》の神隠し』を借りてやったからだ。山田は、自分と同じ四十代のオーナーがめぐに好意を持っているからこその行動だと邪推したのだ。

翌朝、ふたりはオーナーに車で送ってもらって、再びちゅらーゆを訪れた。プールでは、アメリカ人の四、五歳くらいの男の子たちが三人遊んでいた。

「あの子達に『一緒に遊びたい』って言って」

めぐは山田にせがんだ。山田は英語がまったくできなかったが、どうにか子ども同士で打ち解けて遊び始めた。

「ハッロー、何だっけ？　あ！　マイネームイズめぐ」

めぐが言うと、男の子たちから「メグゥ」「メグゥ」と呼びかけられ、仲良く遊んでいた。

山田とめぐは、いつもしている水中柔道を披露した。

「お願いします」

ふたりでうやうやしく礼をして、山田がめぐに一本背負いされる演技である。

「ジュードー?」

アメリカ人の男の子たちはそれを見て喜んでいた。

しかし突然、めぐが男の子の頭を叩《たた》く姿を山田は目にした。男の子は驚いて母親のところへ駆け寄る。そんなめぐの姿を見ているうちに、山田は前日の高揚感が消え始めていることに気づいた。めぐも「また来たい」とは言わなかった。早くも、海図のないふたりの旅には、倦怠が襲っていたのかもしれない。

男の子たちと母親は帰り支度をするらしく、女湯に消えていった。めぐは寂しそうに彼らを女湯に見送っていた。

「最後にお風呂《ふろ》で遊んでくればいいじゃん」

「いいよお」

めぐは、はにかみながら拒んだ。すっかり元気がなくなり、「そろそろ帰ろうよ」と言い始めた。

砂浜に作った砂の城を、おもちゃの忘れ物が残っていないか捜すために壊した。山田は、胸が締めつけられた。

ふたりはプールから上がって、男湯に一緒に入った。二日間の日焼けで、水着の跡がくっきり残っている。浴槽に浸《つ》かるだけでもヒリヒリしみる。

めぐは山田の身体《からだ》を洗ってあげると言い、赤くはれているところに限って、皮がむけるくらい強くこすり、痛がる山田を見ては喜んでいた。

「うちがやってあげる」

山田のひげを、めぐは慣れない手つきで剃《そ》り始めた。

すると突然、めぐが声をあげた。

「あの人、いやらしいんだよ」

浴場内にひとりだけいた中年男性をめぐは指していた。

だが山田は、健康ランドに続く「四度目」には、さすがに踏み出せなかった。それは同時に、山田にとって〝収入〟の道が閉ざされることを意味していた。

ちゅらーゆを出ると、ふたりは前日のスーパーに立ち寄った。そこで細々とした日用品を買い揃《そろ》えるためだった。その中には、山田のトランクスも入っていた。

次の瞬間、クレープ売り場がめぐの目に留まる。ストロベリークレープを食べたいと言い出すめぐ。

「パンツと同じくらいの値段かあ。パンツ買わなきゃ良かったね。残念だなあ」

山田が言うと、めぐはすぐさまトランクスをレジに返品した。

続けて、めぐはゲストハウスに電話をかけた。

「迎えに来ないって言ってたよ」

めぐからの報告を受けて、山田は落胆した。

「確か、今朝は迎えに来てくれるって言ってたよね？」

「私に言わないでよ」

ふたりは仕方なく歩いて宿に向かった。かなりの道のりに、疲労だけが蓄積されていく。言葉のやり取りは棘々《とげとげ》しくなり、めぐは「一緒に歩きたくない」とばかりにさっさと歩を早めた。疲れきった山田は追いつけず、差は縮まらない。

途中、めぐは再びゲストハウスに電話を入れ、何やら交渉を始めた。

「〝チュラン〟で待ってくれって言ってたよ」

「チュランの場所は？」

「聞いてない」

めぐはひとりで先に歩き始めた。

「ついて来ないでよ」

めぐは言いながらも、山田を待っているようでもある。

突然、めぐは立ち止まった。

「ねえ、悪いと思ってるの？」

山田が謝ると、「じゃあ、肩車！」とめぐはねだった。山田はそれに応じる。足は痛んだが、その痛みはめぐの重さによるものであり、彼女そのものである。それが心地よかった。

そしてそのまま、チュランの場所を聞くために、ふたりは交番に立ち寄った。肩車をしたまま中に入っていくと、交番相談員のワッペンをつけた私服の人が座っていた。

肩車を降りためぐはすかさず尋ねた。

「チュランってどこですか？」

「そんなところないよ」

交番の電話を借りて、もう一度、ゲストハウスに電話した。

「チュランってどこかわかんないよ。え、ちゅらーゆ？　ちゅらーゆのことか」

そのことで、再びめぐと山田は口論になった。

「ほらほら、ふたりともせっかく楽しく旅行に来ているのに、けんかしちゃつまんないでしょ」

――ばれるのではないか。

心配してくれている相談員をよそに、山田は気が気ではなかった。しかし、ふたりの関係が見抜かれることはなく、ひとまず胸をなで下ろした。

結局、ちゅらーゆに戻り、オーナーの車に乗って帰ることになった。

ゲストハウスに帰り着くと、山田は、前日に嫌悪感《けんおかん》を覚えた相手であるはずのオーナーに自ら語りかけた。真夏を思わせる太陽の下で迷走した疲労が、山田の全身を襲っていた。だが、今言い出さなければ、この旅は終わってしまう。

「僕たちは本当の親子で、妻と離婚した後、めぐは妻の実家へ引き取られたが、そこでひどい虐待《ぎゃくたい》を受けて、実家を飛び出して、僕のところへ来た。それでも連れ戻されるのを恐れて、ふたりで沖縄へ逃れてきた。それで……」

作り話を披露する山田。そして、本題を切り出した。

「宿泊費がもうない」

持ち金はとうとう底を突いていたのだった。

翌朝、山田から相談を受けていたオーナーは「どこか仕事を見つけて」と新聞の求人欄を山田に手渡した。

「仕事を見つけて、金さえ払ってもらえばうちにはいくらいても構いませんよ。めぐちゃんには信号待ちの車にコーラでも売り歩いてもらえばいいしね」

山田は不愉快になった。めぐにストリートチルドレンみたいに路上で物売りをさせるというのか。めぐを働かせるようなまねは決してしたくない。

金がないと泣きついたのは山田の方である。だが、山田はオーナーの善意を逆恨みした。そして、山田は早く就職先を見つけて、ゲストハウスから出て行くと胸の内で誓った。

十数種類あった求人から、山田が選んだのは運転代行会社だった。電話を入れると、すぐに面接をしてくれるという。

山田は、めぐと別れて面接に向かった。しかし、すでに山田の手元には、面接に必要な履歴書や、そこに必要事項を書き込むためのボールペンを買う金さえ残っていなかった。

——今日が沖縄最後の日になるのか。

手元には、百円玉すら残っていない。追い詰められた山田は、サラ金の無人ＡＴＭで金を借りることにした。借入限度額めいっぱいを機械に打ち込み、山田は現金を手に入れた。その額は千円。わずかな現金と引き換えに、山田はこのとき、めぐとの生活に終止符を打つきっかけを自ら作っていた。この際の入力により、足取りを警察に知られることになる。

面接に受かるとしたら「誰でもいいから」という理由しかない。多分無理だろう。山田は諦《あきら》めていた。ところが、結果は意外なものだった。

「今晩から始めてほしい」

とにかく採用されたことを一刻も早くめぐに伝えたい。山田は運転代行会社からゲストハウスまで歩き続けた。八キロほどの距離があったが、手持ちの現金がほとんどない山田にはほかに選択肢は残されていなかった。

二時間歩いている間に、高ぶりは収まり、冷静になっていた。そして、改めて落ち着いてみると、数時間前まで感じていた絶望は、希望に変わっていることに気づいた。旅行者でも、彷徨者《ほうこうしゃ》でもない自分、見知らぬ土地で生活者に変わっていく予感。周りの風景に自らが溶け込んでいるかのような気持ちになった。道行く人に誰彼構わず挨《あい》拶《さつ》したいような、ここの人たちがすべて身近な隣人のような錯覚に陥っていた。代わり映えのしない嘉手納《かでな》基地の長い金網フェンスも、日差しの強さもまったく気にならなかった。

やっと宿に着いたとき、めぐは入り口の辺りでひとりしゃがみこんで遊んでいた。

「おーい、受かったぞ。今日の夜からお仕事だからね」

「ああ、良かった。がんばってね」

沖縄での暮らしを決意したのか、このゲストハウスで、めぐは家族に宛《あ》てて手紙を書いている。

〈おばあさん、おじいさん、おじさんへ♡　めぐは、お母さんといっよみたいにいえでします！　かえってこれないかもー！　体にきょつけてよ。バイバイー！〉

「いっよ」は「いっしょ」ということだろうか。山田も同時に、めぐの家族宛ての手紙を書いた。

〈めぐのおじいさん、おばあさん、おじさんへ　めぐは、すごく元気です。こっちに来てもう、太陽の光をあびてまっ黒になってます。ちょっとはっしんができて、かゆかったみたいだけど、ちゃんと一人で病院に行って、「はしか」ではなかったので安心しました。水着と、Tシャツ、ゆかたなどを買いとてもよろこんでいます。だから決して心配しないで下さい〉

やはり、ふたりの文面は、〝誘拐〟というには、あまりに能天気なものだった。

また、運転代行会社の控え室で待機している間にも、山田はチラシの裏にそのときの気持ちを書きとめている。

〈めぐと再会して丸一週間、今はもう沖縄にいる。この展開を誰が予想しただろうか？　あの春休み、始業式、その後の一日から、一ヶ月後の再会は、それ以前の二週間のブランクをも凌駕《りょうが》するかのようにリバウンドして、とどまるところを知らない。もっとおだやかに事を進めようとすることを、めぐはまるで拒むかのように、容赦なくつき進む。ぼくに残されるものはめぐだけと言うのか？　そう、そのめぐをなくす事は考えられない。今はめぐだけで行こう。ずーっと永遠に！〉

運転代行会社ではすぐに配車が組まれた。午後八時から夢中になって沖縄県内を走り回った。

午前五時に勤務は終わり、精算を済ませた。その日の山田の取り分は、約三千円。週六日働いても、月十万円も得られない計算である。これだけの収入で、めぐとの生活を続けていけるだろうか。山田の中では期待と不安が頻繁に行き来していた。

一日の労働を終え、山田はまたゲストハウスまで歩き、午前七時頃、ようやく宿に到着した。部屋に入ると、めぐはまだ夢の中だった。山田も少し眠ったが、ゆっくりはできなかった。仕事を得たとはいえ、宿への支払いを果たせていない現実は変わっていなかった。

「宿泊費をなんとか日払いで払ってくれないか」

オーナーにそう言われ、山田は立ち往生した。運転代行会社の給料は月払い制。すぐには払えない。子どもながらに居心地の悪さを感じたのか、傍らのめぐが言った。

「もうここにはいたくないから、出ようよ」

そうは言っても、沖縄でふたりが頼る先は他にない。山田は沖縄での唯一《ゆいいつ》の〝知り合い〟に連絡を入れてみた。

「昨日までの宿泊代を払ってあげる。後でふたりを迎えに行くよ。うちの会社に住み込めばいい」

面接官だった運転代行会社の女性部長が、手を差し伸べてくれた。

これで宿代を気にする必要もなくなった。ふたりの生活は着実に前に進み始めている——。山田は、迫り来る警察の気配をまったく感じていなかった。

夕方、迎えに来てくれた部長が運転する車に乗り、安住の地を求めてふたりは運転代行会社へと向かった。

「かわいい子だね」

部長の言葉に、めぐはきっぱりと言い放った。

「私はかわいいとは言われたくない」

「じゃあ、きれいな子だね」

ふたりは、運転代行会社の事務所近くのカラオケ店の廃屋で寝泊まりさせてもらうことになった。

「今は汚いけど、すぐにきれいにしてあげるから、それまでは我慢してここに住んで。それから給料のうち、毎日の生活のために二千円ずつ仮払いしてあげるから、当分はそれでやってくれるね」

困窮していたふたりのために、部長は最大限の配慮を示してくれた。それに対し、めぐはこう言ったという。

「ここに住めるのかなあ」

運転代行会社の敷地内に置かれた三畳ほどしかない粗末なコンテナには、後に公園での野宿を余儀なくされることになる老女も住んでいた。他のコンテナは、社員の休憩所として使われているようだった。

「そういった前例もあるのだから、あなたたち親子が住み込むことは変なことではないし、理由があってのことでしょうからね」

部長は、むろんふたりが親子であると信じていた。

この晩、山田が仕事をしている間は、部長がめぐと一緒にいてくれることになった。

明け方帰社した山田が目にしたのは、たくさんの買い物袋とそれらの商品を手にしているめぐだった。付近の百円ショップで部長に買ってもらったという品物は、鍋《なべ》や揃《そろ》いの食器など生活用品である。

老女の部屋のポットを借りて、晩のうちに買っておいたカップ麺《めん》にめぐがお湯を注いでくれた。これが、めぐが山田のために作った最後の〝料理〟となる。

「はい、お仕事ご苦労さま。熱いから気をつけて食べてね」

山田は胸がいっぱいになった。これから毎日、こうしてかいがいしく世話してくれるのだろうか。

午前十時頃、ゲストハウスのオーナーの知人である松山が、小学生の息子を伴い、海に連れて行ってあげるとめぐを誘いに来た。山田がついてくるのを松山は嫌がっているように、山田には感じられた。そしてめぐも、どういうわけかこの日は山田を拒絶した。

「このおやじうるせえんだよ。寝てろよ、こら」

めぐが山田にそう言ったと、松山は記憶している。

「臭いから来んな。あのおやじ、臭いから困る」

山田は臭いと言われても、笑っているばかりであった。めぐに木槌《きづち》で腕を叩《たた》かれても、「やめてよ、なんだよ」と笑っている山田の姿まで、松山は目撃している。

めぐと離れたくはなかったが、仕方なく山田はひとりで残った。

松山は、「こういう客がいて怪しい。でも自分からは聞けない。このままだと困るからさぐってみてくれないか」とオーナーから頼まれて、前日にもふたりに会っていた。オーナーと松山は幼馴染《おさななじみ》で、数年前に北海道から沖縄へ移住してきた経緯があった。彼によると、めぐはこんな説明をしたという。

「血はつながっていないけど、お父さんなんだ。家から逃げてきたの。海とか行きたいけど、まともな海に一度も行っていない。あいつ、泳げないような海に連れて行きやがって」

一方の山田は、松山にこう相談している。

「めぐを小学校に行かせたいが、どうしたらいいか」

めぐも「地元の学校は自由じゃなかった。沖縄で学校に行きたい」と言った。ふたりは沖縄での定住を真剣に考えているようだった。

後に松山は、めぐについて私にこう語った。

「会話のはしばしに『買って』とねだることが多い。男をバカにしている女の子です。ふたつの顔があるんです。子どもとしてしゃべっているときと、『うるせえんだよ、おやじ』と言ったりして、相手をバカにしきっているときと。人を見て切り替えているようでした」

松山と海に向かう車中、めぐはこんな話もしている。

「うちにおばあちゃんとおじさんとおじさんの息子がいる」

おじさんというのは、祖父のことであろうか。

「その三人がいろいろ変なことをする。暴力を振るったり、いじわるしたり、私を奴《ど》隷《れい》みたいに使う。買い物に行って来いと言って蹴《け》られたりした。だから家を飛び出て、お母さんに会いに行こうとした。でも、会っても家に連れ戻されるだけ。それで沖縄に来たんだ」

松山とその子どもらと一緒に、めぐはビーチに着いた。松山が経営するボディピアス店の目の前の海岸である。浜で遊んでいるめぐに、日差しが強いので、二十分に一回は海の中に入るように松山は諭した。

めぐはここで、不思議な行動を取っている。周りの子どもが叱《しか》られる場面を目にすると、急に奇声をあげ、泣き出すのだ。

「私はなんにもしてないのに。私、今何にもしてないよねえ」

そう言って、声を張りあげる。それは一時間に一、二回、計四、五回は繰り返された。暴力に対する異常なまでの反応に、虐待《ぎゃくたい》されていると言っていたことは本当なのだろうと、松山は思った。

めぐが海へ向かった後、山田は会社の車を仮眠用に借り、まどろみ始めた。選挙が近かったらしく、通りかかった車から、沖縄言葉での演説が聞こえてきた。

——やっぱりここは外国だなあ。

車の前に、本土では見たことがない、頭の部分が真っ白な孔雀《くじゃく》くらいの大きさの野鳥が止まっている。鳥のさえずりを耳にしながら、だんだんと眠りに引き込まれていく。あの鳥の名前は何だろう。チッチッチッ。山田には涼しさを運んでくれる鳴き声に感じられた。

だが、二、三台の車が止まる音と数人が近づいてくる足音で、まどろみは破られた。

——来たか。

不思議と驚きはなかった。

「山田さんね。わかるよね」

捜査員のひとりが、ドアを開けて言った。

その頃、めぐはビーチを出て浴衣《ゆかた》に着替え、松山に案内されて近くのフリーマーケットに連れて来てもらっていた。海岸沿いに立ち並ぶ、出店の数々。週末だったこの日、一帯は祭りのような賑《にぎ》わいを見せていた。松山は用事があったので、友人にめぐを預け、先に自分の店に帰った。

その間、松山の携帯電話の電源は切れていたが、充電すると、沖縄県警とめぐの地元の警察から、折り返し電話をするようにとのメッセージが残されていた。

「あなたを誘拐犯のひとりとみなします」

沖縄県警からは、そんな伝言が吹き込まれていた。彼は驚いて、折り返しの電話を入れた。そこで、めぐには捜索願が出ており、山田に誘拐の容疑がかけられているということを初めて知った。

そして、松山の店に刑事が駆けつけて来た。

「血はつながってないけど親子じゃないの？」

めぐから何度も聞いていたことを、松山は刑事に確認した。

「赤の他人だ」

松山は友人に電話をして、すぐにめぐを連れて帰って来るように言った。

めぐが店に着くと、婦人警官がめぐに直接話しかけた。

「めぐちゃんだね？　わかるかな。捜索願が出てるんだよ」

屋台で買った食べかけのチキンを手に持っているめぐ。

「帰りたくない。嫌だ」

「もう行こうか」

「嫌だ、行きたくない。帰りたくない」

白地に水色のちりめん風の浴衣を羽織っためぐは下を向いて、べそをかいていた。

松山は、このとき、ある刑事と交わした会話を鮮明に覚えていると私の取材に対して語った。それはこんなやり取りだった。

「調べれば調べるほどやりきれない。めぐの家族も家族。児童相談所が家庭訪問しても追い返されるし。山田は山田で何もわかってない。それに、お母さんを見つけ出して、彼女にめぐちゃんのところに一度行くように頼んでも、来ないんだよ」

「でも、お母さんが見つかってよかったですね」

「本当によかったんですかね」

海に沈んでいく夕日を見て、刑事は「ああ、きれいだ」と言った後、

「俺も本当は連れて行きたくないんだ」

と、つぶやいた。

山田は一旦《いったん》、近くの警察署に連行され、その後、空港に移送されていた。これでめぐとのふたりの生活は終わるだろう。だが、山田はどこかで安堵《あんど》していた。飛び立った飛行機の窓からは慶良間の島々が見えた。この地方の言い伝えを刑事が教えた。

「遠くの慶良間は見えても、目の前のまつげは見えない」

第五章　暴《あば》かれた闇《やみ》

〈僕はとにかく今回の真実の所を告白することで、他のケースの解決につながる一因になればと思います〉（山田敏明の手紙より）

未成年者誘拐、そして健康ランドでの恐喝の罪で起訴された山田の公判は、逮捕から約二ヶ月後、地方裁判所で始まった。

法廷に現れた山田の表情には、陰というものがまったく感じられなかった。むしろ、今この場にいる自分を誇らしく思っているようでさえあった。ようやく、自分のとった行動の正当性をわかってもらえる場に来たと。

「被告人は少女の行動を見守ったのみである」

弁護人である鈴木さゆりは、山田の無罪を主張した。

新人弁護士である鈴木は、被疑者に対して初回無料で相談に応じる当番弁護を行ったことがきっかけで、それ以降法律扶助により山田の弁護人についた。鈴木にとっては、初めての否認事件ということで、所属する事務所の浜田康夫《やすお》と田村英介《えいすけ》も加勢し、三名での弁護となった。

一方、検察側は山田の責任を厳しく指弾した。

「被告人は、『ロリコン趣味』から被害児童の裸体に興味があったため、同女が虐待《ぎゃくたい》を受けているなどと称して勝手に連れ回した」

両者の見解は対立したまま審理は進んでいった。

その後、恐喝の舞台となった健康ランドの支配人や、その施設でめぐに性的行為をしたとされる男性、めぐの祖母、警察官などが証人に立った。

初公判から半年ほど経《た》った二〇〇五年一月の第六回公判では、山田本人の尋問が行われた。

主任弁護人である浜田が山田に質問した。

「捜査の一貫した流れの中では、あなたがロリコン的な趣味を持っていて、少女に対して偏《かたよ》った性的欲求のはけ口として彼女を同行したんではないかという疑いを持たれていますが、疑いを持たれていることは知っていますよね」

「知っています」

それまでに検察は、山田の真の目的は恵まれない家庭環境からめぐを救おうとしたのではなく、めぐへの性的行為だったとの論理を展開していた。

「それに対してあなたは、どういう考えを持っていますか」

「はっきり言って、私をロリコンと言うんであれば、その部分だけをいわゆる拡大鏡で、虫眼鏡で拡大されたなという気持ちの方が強いです。私は、単にロリコンではなくて、別にそれだけに固執していたわけでもないし、性的にそこまで抑圧されているとも思っていません。現に先ほどご紹介しましたように、二回の結婚歴も含めて、普通の年齢というのはおかしいですが、成年に達した女性との交際やつき合いは普通にありましたし、一言で言えば、ロリコンだと決めつけられるのは心外だと」

落ち着いた声音で山田は答えた。

自分が一方的に連れ回したのではない。だから誘拐にあたらない。ましてや、ロリコン趣味であるがためにめぐを弄《もてあそ》んだなどとは、無礼も甚だしい。そう言わんばかりに、山田の表情は憮然《ぶぜん》として見えた。

しかし、検察は追及の手を緩めなかった。弁護人の主尋問に続いて、検事の反対尋問が始まった。

「あなたが沖縄に連れていったためぐちゃんという女の子に対して、そのご家族の方が虐待していたという話をしていましたね」

「はい」

「あなた自身は、めぐちゃんに対して虐待していたというような点はありませんか」

「ありません」

「小学校五年生の女の子を、あなたのような中年の男性が、その女の子の陰部を直接舌でなめたりとか、胸を直接舌でなめたりとか、クリトリスを指でいじくるとかすることは虐待じゃないですか」

それに対し、山田はしれっとこう答えた。

「本当にそれがあればね、そうだと思いますが」

「あなた自身、そのようなことを今回連れ回した女の子に対してしたのではないですか」

「対抗策上ね、してましたね」

波立つ法廷。弁護人の鈴木の表情も幾分強張《こわば》ったように見受けられた。山田はあっさりと「してましたね」の一言で、めぐへの性的行為を法廷で明かしたのだ。

「対抗策上していたというのは、どのようなことですか」

「毒をもって毒を制すという言葉もあると思いますので、それに当たると思いますが」

「あなたが制しなくてはならなかった毒とは何ですか」

「先ほど言いましたが、めぐに対しては、暴力とか精神的虐待以外にもあらゆる虐待があった。その中に性的虐待もあったからです」

「その上で、今回、沖縄に連れていった女の子に対してあなた自身もさらに性的虐待をすると、女の子にとっていい結果が出ると思っていたわけですか」
「虐待をすればいい結果にはなりませんが、私がしたことは虐待ではありませんので」
「確認しますが、あなたが今回沖縄に連れていっためぐちゃんと呼ばれる女の子に対して、その女の子の陰部をなめたりなどしたことはあるんですか、ないんですか」
「それはご承知だと思いますが」
「あなたの口から直接話していただかないとその事実があったかどうかわからないんで、話してください」
「……」
「実際にやっていたんでしょう」
「何でそこにこだわるんですか」
「ちょっと確認したいんですが、あなた、平成十五年に、あなたが沖縄に連れていっためぐちゃんという女の子の陰部を最初になめたのではないですか」
「……だから、何でそこにこだわるんですかと聞いているんです」
「『はい』か『いいえ』かで答えてください」

「……はい」

「そのことをした場所はどこですか」

「ホテルのプールサイドです」

私は山田と手紙のやり取りをしていたが、めぐへの性的なことについては書かれていなかった。めぐを虐待から救うために沖縄に行ったと何度も弁明していた。それが、どうだろう。「性的」であるどころか、十歳の少女の陰部をなめるという、愚劣で卑劣極まりない行為を働いていたというのだ。

検事は容赦ない追及を続ける。

「当時のプールサイドでのめぐちゃんという女の子の服装を教えてください」

「ホテルからレンタルで借りた小児用の水着です」

「ワンピースですか」

「そうです」

「どうやってめぐちゃんという女の子の陰部をなめたのですか」

「舌で」

「ただ舌でなめるにしても、水着、着てますよね。水着をどのようにして、直接陰部を舌でなめたんですか」

「さっきから言っているけど、そこの部分だけを、前後の脈絡もなく、どうやってしゃべったらいいんですか」

「改めて聞きますが、今している質問というのは、前後の脈絡とか関係なく十分話せると思うんですが、どうやって水着の中にある陰部を露出させたのですかという質問です」

「それは方法ですか、それとも気持ちを聞いているんですか」

「方法をお聞きしています」

「自分の右手を使いました」

「右手を、どこに添えるわけですか」

「股上《またがみ》というところですか、恐らくそうだと思いますが、あまり水着のことを部分的には知らないんですが、いわゆる下腹部に当たる部分に添えるというか」

「右手を添えた後は、どのようにするわけですか」

「その方法を聞いているわけですか」

「そうです」

「聞いて、どうするんですか」

「質問するのは私であって、あなたじゃないです。質問には端的に答えてください」

「……」

「水着の、あなたもおっしゃっている陰部の部分をまくるようにして露出させてなめたということではないんですか」

「そうですね」

裁判等で明らかにされたことによると、山田がめぐと初めて性的行為をしたのは、二〇〇三年秋のことであった。ふたりが沖縄へ行く半年以上も前のことだ。

その前日は山田の四十七回目の誕生日であった。めぐはいつものように山田のアパートを訪ねてきた。その後、ふたりはあるショッピングモールに行っている。

一日たっぷり遊んだ後の帰途、車窓からネオンがキラキラと光るラブホテルが目に飛び込んできた。

「ああいうところに泊まりたい」

めぐは無邪気にはしゃいだ。

山田は、めぐに対して性的なことをしたいという欲求が高まったが、自制した。

――めぐはまだ子どもだから、エッチなことをしてはいけない。

ラブホテルに行ってしまったら、自分を抑えきれなくなるのではないかという葛藤《かっとう》があった。

そんな山田の〝苦悶《くもん》〟をよそに、めぐは遊び疲れたのか、助手席ですやすやと眠り始めている。

路上に停めた車の中で、めぐの寝顔を見つめる山田。

その晩、ふたりは車の中で一夜を過ごす。山田は、めぐに対する性的な興奮を抑えるために、できる限り車の外に出て、タバコを吸うなどして夜を明かした。

翌朝、めぐの希望である水族館へ向かった。入館時間まで間があったので、隣接しているホテルの温水プールへふたりは立ち寄った。

プールで遊んでいると、ふいにめぐが山田に抱きついてきた。

「大好き」

山田は予想外のことに驚いた。そして、胸が高鳴った。それまでこらえていた、めぐに対する性的な気持ちを封じ込めることができなくなった。

後述するが、以前に山田はめぐから、近所の二十代の男性の家に、五、六歳の頃からしばしば遊びに行っている話を聞かされていた。

「その男とエッチした」

「キスをした」

「おまたをなめられた」

めぐの言う「エッチ」というのは、セックスの意味ではないようだと、山田は考えていた。それでも、山田はこの話を聞いて、激しい嫉妬《しっと》を感じた。

山田に抱きついた後めぐは、プールに向けてその男からもらったという時計を投げ捨てた。それを山田は、彼への決別と受け取った。

そして、プールサイドの、サマーベッドにふたりで寝そべっていたときであった。山田は「いいの？」と言い、めぐの陰部に自らの手を、そして顔を近づけた。プールには他にも客がいたが、近くには誰もいなかった。

その後も、少しずつ場所を移動しながら四回ほど、同じ行為を行った。

一度壁を乗り越えてしまった山田は、もう歯止めがきかなくなってしまった。プールのドライルームで、旅館で、車中で、ラブホテルで、その後もめぐの身体《からだ》のあらゆる箇所に山田は〝接触〟を繰り返した。

以前から、めぐの虐待《ぎゃくたい》について山田から相談を受けていたある女性市議は、公判に何度も足を運んでいた。彼女は山田が一線を越えてしまったその日のことを振り返った。

当日、山田はこの市議に連絡をしてきていた。山田と市議は、生活保護の申請に関する相談で知り合ったという。

市議の事務所に山田から電話が入ったのは、朝十時頃のことだった。

「今、プールにめぐちゃんと一緒にいるんだ」

市議は驚いて、「なんで？」と聞き返した。

「帰りたくないっていうから自分が保護した。遊びたいっていうから、今もここにいるんだ」

山田はこんなことも言っていた。

「めぐちゃんは近所の男から性的な虐待を受けている。昨日も、めぐちゃんが帰りたくないと言うから、車に乗せて泊まらせてあげたんだ。私は車の外に出ていましたが」

市議は諫《いさ》めた。

「それはとんでもないことだよ。とにかく、プールから出てきたら、お昼過ぎにでもめぐちゃんと一緒に児童相談所に来て。私も行くから」

市議と山田は児童相談所で待ち合わせた。

児童相談所は、虐待の事実が摑《つか》めないとしたが、とりあえずめぐを一時保護することにした。しかし、ほどなくしてめぐは自宅に引き取られる。

市議は悔しさを滲《にじ》ませる。

「当時、児童虐待防止法がもっと整備されていたら、なんとかできたと思うんですけどね。過去の経緯があったので、児童相談所として、祖父母には直接言うことができない、踏み込めない状況になっていたんです」

めぐへの対処を巡って、児童相談所とめぐの家族は対立した過去があった。

山田も行政が何も対処してくれないことに憤《いきどお》っていたという。

しかし、実際は、児童相談所に行くまでの間に、山田自身がめぐに性的行為を働いていたのだ。

市議には、そのことは知らされていなかった。

法廷での検事の語気はさらに強まっていた。

「なんで女の子の陰部をなめると、児童虐待とか、そういった、あなたがおっしゃる問題とかが解決されるんですか」

「……」

「あなたとしては、毒をもって毒を制するつもりで、ぐっと涙を飲んでなめたわけでしょう」

「そうですね」

「何で、めぐちゃんという女の子の陰部をなめるとよくなると思ったの。あるいは、何がよくなると思ったわけ」

「その段階では、僕で止まると思いましたから。さっきも言ったように、性的虐待を、ほかの人間からも、もうすでに受けていたわけで、それに対して、彼女自身の気持ちが、性に対してかなり積極的な感覚まで植えつけられてしまっている以上は、もう引き戻すことはできないわけですよ。いけないからやめなさいということ自体に説得力を持たないわけだと思う。だから、あくまでも、あなたも思われていると思うけども、めぐのような十歳の女の子、その子が、性的な知識がない、性的な経験がないという感覚自体、僕自身も間違ってました」

「あなたの言っていることはよく分からないんだけど、要するに、何がよくなるわけ」

至極真っ当な疑問を検事が呈した。

「何でこうやって言っているのにわからないんですか。わかろうとしていないんでしょう。今言ったことがわからないというのは、逆でしょう」

「あなた、自分が今言っていることが、ここの法廷にいる人、あなた以外、全員、多分わからないということ、わかりますか」

「それは、あなたがそう思っているだけじゃないんですか。さっきも言ったように、ものには前後の脈絡というのがありますから、この言葉だけで納得してくれというのは、私自身も、今言ってて、無理があると思います。おっしゃるとおり、わからないと思う。だから、もうちょっとわかるように説明させていただければ、わかっていただけると。説明の時間が今ないから」

二、三の押し問答の末、検事は山田に詰め寄った。

「要するに、端的に、小学生の女の子の性器とかなめて性的な興奮を得たいと思ったからやったということなんじゃないの」

「それは、あなたがそう思うんでしょう。あなたはそう思うんですか。あなたは、小学生の性器をなめると性的な興奮を得ると思うから、今言葉に出してそうやって言ってしまったんでしょう。私は違うから」

続く第七回公判では、弁護人の鈴木も山田を問い詰める形となった。

「それで、あなたがその行為に出た直接のきっかけなんだけども、そのとき、あなたの方から、そういうことをさせてくれと言ったんですか」

「微妙な差で、私の方からではなかったと思います」

「彼女は、嫌なことは嫌だと言える性格ですね」

「そうです」

「私もあんまり具体的なことは聞きたくないんですが、あなたが彼女とそういうことをした時点では、彼女は完全にそういうことに対して抵抗感がない状態だったということですね」

「はい。抵抗感どころか、かなりアクティブな考えを持っていたので、まずいなとは思いました」

「それでも、十歳の女の子とそういうことをしたら、犯罪になってしまうということはわかりますよね」

「わかります」

「あなたとしては、いくら彼女が慣れていたとしても、やってはいけなかったということはわかりますよね」

「わかります」

鈴木は一段と語気を強めた。

「（二〇〇四年）春に二泊の外泊をして警察のお世話になっている。このとき警察で取調べを受けてますが、本当にあったことをそのまま話していますか」

「いや、そのときは、本当にあったことはちゃんと話していません」

「それはどうしてですか」

「めぐをかばってしまう答え方をしてしまったのが、本当じゃないということです」

「四月の取調べのときは、彼女をかばって、あなたは本当のことを言えなかったということなんだけれども、今回の取調べのときはどうでしたか」

「やはりどうしても本当のことを言うよりも、彼女をかばっちゃうつもりの方が多かったように思います」

「今回は、逮捕直後に私がついて、彼女をかばうなと、彼女はもう児童相談所で保護されている、適切な処遇がされる見込みがあるんだから、きちんとした処遇をしてもらえるように、むしろ本当のことを言いなさいと、何度も言いましたね」

「はい」

「それで実行できましたか」

「すみません。できませんでした」

前回とはうって変わった消沈した様子で、うなだれながら山田は答えた。

「私、土日も返上して、ものすごく通ったんだけれども、私に対してどういう気持ち?」

「申し訳ないと思っています」

同僚の田村が尋問した後、鈴木は追加でさらに山田に尋ねた。

「取調べに関して、検事さんから、彼女のことで何か言われたことというのはありませんでしたか」

「検事さんも彼女にてこずっているということで、私にぼやいていたというか、そんなような感じのこともありました」

「てこずっているって、具体的にどういう状態だったというふうに聞いてますか」

「悪態つかれたり、毒づかれたりしてるんだよと」

「検事さんから、彼女のことで、彼女をかばうようにあなたが誘導されたりということはありませんでしたか」

「ありました」

「それはどういう感じですか」

「そのときの検事さんのおっしゃる言葉は、おまえは正直すぎる、もし本当のことを、だから本当のことというのは、調書に載ってないことを言えば、めぐが低俗なマスコミとか、そういうのから指摘されてしまう、そういうことも考えて、おまえ、しゃべったほうがいいよみたいな言われ方をしました。だから逆に本当のことが言えない、かばった方がいいかなという気持ちになってしまって、それで先生も裏切ったようなニュアンスになったのかもしれません」

逮捕後、山田の部屋からは少女が出演する猥褻《わいせつ》ビデオが何本も押収《おうしゅう》されていた。小中学生くらいの少女が、露天風呂《ろてんぶろ》に入っている盗撮ビデオが押入れから四本。さらに、六畳の和室のテーブルにはビデオテープが五本、無造作に置かれていた。

『クミコ小学4年、ヒロコ5年生』
『小学3年生アイチャン』
『小学3年生いずみ』
『同級生三浦佳代子12歳』
『同級生上村綾子《あやこ》13歳』

これは、健康ランドへめぐと出かける前日、山田がレンタルビデオ店で借りてきたものだ。

内容は、少女が自ら陰部を指で、または男がペンでいじったりする場面や、男の性器を少女に挿入しているかのように見える場面、少女の乳首付近に剃刀《かみそり》を当てているシーンなどで構成されている。押収後、警察はこのレンタルビデオ会社と、店長やアルバイト計六名を、児童買春禁止法違反容疑で書類送検した。

この五本のビデオを、山田は借りたその日のうちにすべて見終えてしまっている。そして翌日、山田はアパート内の台所の床でめぐの下半身に触れていた。まるでビデオをなぞるかのように。

ロリコンビデオを見る習慣は、なにもこのときに始まったわけではない。

前述したが、山田は二〇〇四年一月まで、倉庫会社で派遣社員として働いていた。ある日、仕事を終え、山田が更衣室で帰り支度をしていると、ロッカーの上に黒い財布が置かれているのを目にした。山田は財布に手を伸ばした。更衣室にいたもうひとりの男性に、山田は一万円の口止め料を手渡し、その場を後にした。

車をしばらく走らせた後、山田は財布の中身を確認しようと、路肩に車を止めた。財布には、約八万円が入っていた。

山田はその足で、あるビデオショップに向かった。

購入したのは、一本一万五千円するロリコンビデオ三本、一本五千円の年配女性を盗撮したビデオ二本だった。

ビデオだけではない。他に、めぐの水着や、めぐがミニ丈のチャイナドレスなどを着た写真がプリントされているマグカップ、めぐの写真が入った額なども、山田の部屋から逮捕後併せて押収されている。

アパートの一室に置かれていた、ロリコンビデオと〝めぐグッズ〟。

また、最初の結婚時から、裸体の少女の姿を収めた写真集を山田は持っていて、それを当時の妻に見つけられていたことも、後の取材で明らかになった……。

公判で性的行為が明らかになってすぐに、私は山田に面会するため拘置所を訪ねた。

山田はねずみ色のジャージで現れた。私は、事実を知って驚いた自らの憤りの気持ちを伝えた。

「なぜめぐちゃんにそんなことをしたんですか？」

山田は、めぐも同意していたし、むしろ喜んでいたという言い訳を繰り返し、ますます饒舌《じょうぜつ》になっていく。その声が大きくなればなるほど、私の耳には虚《むな》しく響くばかりであった。

二〇〇五年三月の公判で、裁判官は山田に聞いた。

「沖縄でも少女に対して陰部を触るとかいった性的な行動をとったことがありますよね」

「はい、あります」

「そういった行動をとること自体が、少女に対する性的な虐待《ぎゃくたい》になるという考えは、当時はなかったのですか」

「あの当時はなかったです」

「今考えると、どうですか」

「性的虐待を私が行っていたということは、今となれば、ひとつの反省材料として私は持っております」

だが、このやり取りについて、山田は、〈虐待じゃないと思うけど、そう言ったら、あそこの家族と同じ言い方になりますよね、きっと〉と、後に私宛《あて》の手紙に書いてきた。そして、宮崎勤や新潟少女監禁事件などを例にあげ、そういう犯罪者とは別物であると主張した。自分には、愛が存在していたからだと。

後日、改めて面会に訪れた私に、「今後めぐが誰かと性交渉を持つことを想像するだけでも悔しいです。本当に悔しい。でも、しょうがないことでしょう」と山田は言い、うっすらと涙を浮かべた。自ら法廷で示してみせた「反省」の意味を山田が本当に理解しているとは、私には思えなかった。

倒錯した〝愛〟を語り続ける山田。それでも彼は、性的行為はしたが、性交はしなかったと最後まで主張した。

〈性欲だけしかなかったら、僕は「完全」にしてしまいます。どうせ逮捕されるのです。性欲の僕は、「したい、なめさせたい」と、言い出していました。片耳で、もう一人の僕は必死に「止め」ていました〉

「完全」にはしなかったから、自分はめぐを傷つけていないとでも言いたげな内容の手紙だった。

しかし、めぐは保護された当時、捜査関係者に、身体《からだ》をなめられるのは嫌だったと伝えている。そして、山田のおじさんのことは大嫌いと。

その嫌な行為をする大嫌いなおじさんと、なぜめぐは行動をともにすることにしたのか。

山田のことを大嫌いと言う一方、その山田の家に遊びに行っていた理由について、めぐは捜査関係者に「家にいてもつまらないから」とも述べている。

それほどまでに、めぐにつまらないと言わせた環境とは、何だったのだろうか。

第六章　十歳

〈めぐからいろんな事を聞かせてもらった時に、四十数年も生きている大人である僕でさえ、耐えられない様な出来事の数々をこの子は十年足らずの中で経験しているのかと思ったのでした。「一体原因は何か？　誰に責任があるのか？」めぐではないのは確実です。それなのに、めぐが一番の理不尽をこうむっています〉（山田敏明の手紙より）

山田の忌《い》まわしい行為に、弁解の余地はない。憎むべき犯罪であることは言を俟《ま》たない。

だが、そんな男に頼ってまでも、めぐが必死に逃げようとしていたこともまた、事実である。現に、保護された後、彼女は家に帰りたがらなかった。

めぐの逃避行とは果たして何だったのか――。

平屋建ての古く、そして驚くほど小さな家々が連なっている。

この取り残されたかのような住宅群では、数年前、老朽化のため建て替えるという計画が持ち上がり、多くの居住者が別の地域に移った。そのせいか、朽ち果てたような空き家が目立つ。しかし、数軒は立《た》ち退《の》きを拒否し、今もなお住み続けている。

だが、ここから、小さな道一本を挟んだ先にある新興住宅地は別世界だ。門が構えられ、広々とした庭には青々とした芝生が広がり、なかには子ども用のブランコが設《しつら》えられている家もある。

全く対照的な彩《いろど》りを見せているこの新旧両住宅街の目の前には、どちらの世界とも融《と》け合うことなく霊園が静かに異彩を放っている。

めぐの家は、その古い方の住宅群の中にある。

一家がここに引越してきたのは、二十年近く前のことであった。

家は決して広いとは言えず、三部屋に祖父母と叔父、めぐの四人で生活している。祖父は運転代行などの職に就いており、叔父は事情があり長い間仕事をしていなかったという。めぐは十六歳年上のこの叔父、つまり母親の弟と同じ部屋で寝起きしていた。五十センチ四方ほどしかない玄関のたたきには、汚れた靴が折り重なるように散らかっている。窓の桟には十数個の洗剤が雑然と並べられ、その窓ごしに暗い橙色《だいだいいろ》の灯りが漏れてくる。

決して見栄《みば》えが良いとは言い難いこの家でめぐが生まれたのは、一九九四年のことだった。

大雪の降る日だった。

四十五歳の男は、ラブホテルへ足早に向かっていた。

警察から、十八歳になる娘の紗恵《さえ》が、ラブホテルの宿泊代金を支払えないでいるという連絡を受けたのである。一緒にいた青年は、紗恵よりも十歳ほど年上で無職、以前から紗恵と交際していた。

ほとんど家に帰ってこない状態だった紗恵。久々に見る姿は変わり果てていた。腹が異様に膨らんでいたのだ。

交際相手は、自分の子ではないと強弁した。だが、紗恵は確かにその交際相手の子どもだと言う。

紗恵の父は、彼女を実家へ連れて帰り、その二日後、紗恵は女児を産んだ。

女児の父親と目される交際相手は、一度として子どもの顔を見ることがなかった。

女児は紗恵ではなく祖父によって、「めぐ」と名づけられた。

しかし、めぐはしばらく自宅の布団《ふとん》で温まることができなかった。生後まもなく大病を患《わずら》い、大学病院で手術を受けたのだ。手術跡を負っためぐの入院生活は生後六ヶ月まで続いた。

入院中の娘に、紗恵は付き添っていた。しかし、めぐが退院するとすぐに、仕事を探しに行くと言って、家を出てしまった。

祖父がめぐを育てることになった。

紗恵の母は、娘がいつも顔や足に痣《あざ》を作って帰ってきたことを鮮明に記憶している。どうしたのかと尋ねると、「交際相手に暴力を振るわれた」と答えた。

紗恵は、地元の中学校を卒業後、ペットの美容師であるトリマーの専門学校に進学した。一年半ほど通ったが、途中で辞めてしまい、その後は、働くこともなく、ほとんど家に帰って来なくなった。

紗恵が赤子を置いて出て行った後、ほんの数日間だけ帰って来てまた出て行くということが何度かあった。「疲れた」と言い残して、紗恵はいなくなることを繰り返した。

「めぐはあなたの子どもなんだから、あなたが面倒を見なければいけない」

母としてそう言い聞かせたこともある。が、紗恵は、

「望んで産んだ子ではない」

そう繰り返すばかりだった。

紗恵は携帯電話を持っていたが、家族は番号を知らなかった。どこに住んでいるかもわからなかった。

紗恵の両親は、めぐが五歳の頃を最後に、紗恵の顔を見ていない。

ちょうどその頃から、めぐに変化が起きた。

近所に住む主婦は言う。

「めぐちゃんが五歳くらいの頃からでしょうか。『虐待《ぎゃくたい》されている』とあちこちで触れ回るようになったんです」

ほどなくして、児童相談所の関与するところとなった。

めぐが六歳になった日の四日後、児童相談所が家庭裁判所に家事審判申し立てを行い、めぐは児童相談所に一時保護された。めぐは当時「学園に行きたい」と語っている。学園とは、児童養護施設のことのようだ。

祖父は、自分たちが虐待しているという話を児童相談所に通告したのは、めぐが通っていた保育所だと確信した。保育所に電話をして強い口調で抗議をし、「明日、そちらに行くから」と告げた。その日、児童相談所は、警察署に保育所の警備まで依頼している。

翌日の夕方、めぐの祖父母は保育所を訪れ、児童相談所に対しての不満をぶちまけた。そして、家裁に提出された虐待の書類の出所を問いただした。それは、二時間近くに及んだ。

そういった抗議が影響したのだろうか。審判に当たる裁判官（家事審判官）は、児童相談所の職員を呼び出して、申し立ての取り下げを提案した。

審判官の言い分はこうだ。

「祖父母は本児（めぐのこと）に対する愛情があるので、それを生かして在宅で生活させるべき。虐待ではなく、しつけの程度のことである」

そして、こう続けた。

「問題になっている件は、本児の乗り越えるべき困難の程度でしょう」

児童相談所は納得せずに、さらに書面にて家裁に申し入れを行う。

〈これまでの一時保護などの経過は児童相談所の職務であり、問題はない。審判にあたり、家族が児童相談所などに抗議することはあってはならない。本児の養育にあたっては、反省すべき点は反省し、地域関係者の協力を得て行う〉

審判の際に、児童相談所はそれらを祖父母に伝えてほしいと主張した。それでも、審判官は譲らなかった。

「一時保護を母の不在時にするのは、時期はずれ」

「祖父母は、母の置いていった子を育てざるを得ない状況で、やり過ぎはあるが愛情があるため、それを生かしたい」

「児童相談所から申し立ての取り下げを考えて欲しい」

児童相談所は、審判官にも認識を変えてほしいし、祖父母にも虐待はなかったと認識されては困ると、屈しなかった。弁護士と相談して、補充意見書を提出した。

そして、約一ヶ月後の審判日。祖父母と児童相談所は、別々に審判廷に呼び出された。

審判官は、児童相談所にこう告げた。

「虐待の裏付けはない。祖父母は本児の引き取りを希望しており、家裁は一日でも早く、本児を家庭に戻したいと考えている。申し立てについて、すぐに取り下げること。本児がオーバーなことを言ったので、児童相談所は振り回されている感がある。何かあれば、しっかりした証拠をつけてその時に申し立てするように」

児童相談所は、めぐの今後を思うと、これでは何の前進にもならないと判断した。何が認められ何が認められなかったかを残す上でも、申し立てを取り下げない方向で審判に臨むことにする。

それでも、家裁の審判官は、一ヶ月程度の調整期間を持ちたい、その間に申し立てを取り下げてほしいと繰り返す。

そういったやりとりの後に、祖父母がめぐの引き取りに児童相談所にやってきた。同席した精神科医にめぐはこう話した。

「帰りたい。施設もよかったけどもう心配はないよ。めぐも六歳になったから、きっとおばあちゃんもおじさんも嫌なことはしないよ」

紗恵が家を出てしまったことは、めぐにも十分理解できていたはずだが、めぐは「お母さんもいるかなあ」とも言っていた。同時に、不満も口にしている。

「家のトイレ汚いんだよ」

祖母は児童相談所に、「お世話になりました」と告げ、祖父は「もうここへは来たくない」と表情を硬くしていた。

しばらくした後、裁判所から児童相談所に電話があった。めぐの小学校の入学式が終わり、担任も決まった。めぐと直接話をしたが、元気であったという。

結局、審判書が書かれることはなく、虐待があったかについてはうやむやにされた。だが、小学校入学後も、めぐは「虐待されている」と近所に言い回っていた。めぐの悲鳴を聞いたり痣を見たという近所の住人もいる。

実際、虐待はあったのだろうか。

めぐの祖母は後に山田の公判で証言している。

「二十センチぐらいの飾り物のバットで叩《たた》いたことがあります」

「平手でこつんと頭をやったことはあります」

祖母が叱《しか》っても、めぐは言うことを聞かずに、反抗的な態度をとることがあった。言葉で叱ってもめぐが言うことを聞かないとき、頭や足を新聞紙で叩いたこともあった。

家裁が示した認識のようにしつけの範囲だったかは、今となっては確かめる術《すべ》がない。

いずれにしても相変わらず、めぐは「毎日いじめられる」と近所の人に、誰彼構わず言い続けていた。

一方、祖母には祖母で、言い分があった。

祖母が、めぐを育てるのが大変だと感じるようになったのは、めぐが小学校に上がった頃からである。

めぐは平気で頻繁に嘘《うそ》をつくようになった。

めぐには毎日百十円の小遣いを与えていたのだが、どう見ても百十円では買えないものを持って帰ってくることがしばしばあった。

どうしたのか聞くと、「自分で買った」と答える。にわかには信じられず、祖母が問い詰めると、めぐは説明をころころ変えた。

「学校の子にもらった」

「友達に買ってもらった」

祖母が、友達に確かめてみると、それは嘘だと判明した。

めぐは、知らない人に物を買ってもらったり、お店でガムや飴《あめ》などを万引きしたりしていたこともあった。また、門限を午後五時に定めていたのだが、それを破って遊んでいても、連絡さえ寄越さないようになっていった。

それだけに留まらなかった。祖母は法廷で証言した。

「よそのうちに黙って入って、何かきょろきょろして、そこのうちの人に見つけられて、怒られて出てくるみたいな感じ。別に物をとってくるとか、そういうことじゃないんですけども」

めぐを持て余す祖母。その祖母には怒られてばかりで、甘えたいであろう母親は、どこにいるかわからない。居場所のなくなっためぐは、ひとりの若い男のところに頻繁に遊びに行くようになった。その男は、新聞配達員をしており、めぐの近所にある木塀に隔てられた一軒家で、ひとり暮らしをしていた。

山田とめぐが出会ってからほどなくして、ふたりで児童相談所に行き、職員を待っているときのことだ。めぐはその男、宮内との関係について話し出した。

「何をしたのかをあんたに言ったら、あんたも同じことをしたいって言うんでしょう？」

山田をいかにも小ばかにしたような物言いだった。

「言わないよ」

山田は約束した。そう言いながら、結果的に山田はそれを反故《ほご》にすることになる……。

「いいから、何をされたか言ってくれ」

めぐは、具体的な性的行為を説明してみせたという。

そういえば、めぐと山田が初めて出会って〝朝帰り〟した日、同じアパートに住む前妻である光代から、山田はこう忠告されていた。

「あの子、きっと性的虐待受けてるよ」

光代はなぜそう思ったのか。

「めぐちゃんが、友達と子ども用のビニールプールで遊んでいたんです。それで他の子どもが彼女に水をかけ、股《また》のあたりがびちゃびちゃになった。すると、めぐちゃんは『ここだけは止《や》めて』と大声で怒鳴ったんです。私は『ああ』って思いました。性的な経験があるからこそ、意識するのではないかと」

彼女は後にその根拠を私にこう語った。山田によると、光代も子どもの頃、同じような虐待を受けたことがあるという。

山田は、めぐの言葉をなす術もなく聞くのみだった。めぐは性的な行為をされたことに対して、恐怖心も嫌悪感《けんおかん》も持っていないような話しぶりだ。いや、むしろ喜んでいる、自慢しているようにさえ、山田には受け取れるほどだった。

宮内との関係は、その時点で四、五年経《た》っているとめぐは言った。ということは、めぐが五、六歳の頃から関係は始まったことになる。

近所の人の話によれば、宮内の飼っていた犬がきっかけで、ふたりは仲良くなったという。宮内の家に出入りするめぐを何度も見たという人もいた――。

児童相談所内での山田に対するめぐの打ち明け話が終わった頃、職員が部屋に入ってきた。山田はたった今、めぐから聞いた話をしゃべり出した。

「何言ってんの！　そんなことウソに決まってるじゃん」

めぐは慌《あわ》てて否定した。しかし、その慌てぶりが、かえって話の信憑性《しんぴょうせい》を高めているように山田には思えた。山田はめぐの制止も聞かずに、話を続けた。報告する義務があると思ったからだ。

話を聞き終えた児童相談所の職員は言った。

「心配するあなたの気持ちはよくわかります。でも、ただ情熱だけではどうしようもないし。もし本当だとしても、詳しく調べてみないとだめです」

ならばと、山田は警察署にも相談に行った。だが、警察も腰を上げてくれなかった。

山田は、「とにかく奴《やつ》のところへ行ってはだめ」とめぐに言い聞かせた。めぐは、口では「わかった。行かない」と答えるが、山田と会わない時間にはだいたい宮内のところに行っていたようだった。

「もうエッチなことはしてないよ。パソコンやってるだけだから」

山田は信用することにしたが、心配だった。めぐの叔父から直接こんな話も聞いていた。

叔父が、めぐを探しに宮内の家に踏み込んだことがあった。めぐはこたつの中に隠れ、宮内は叔父に「不法侵入だ」と言い、取り乱して警察に通報したという。

私が宮内に直接、事の真偽を確認しようと、彼の家を訪ねたときもそうだった。

来訪を玄関越しに伝えると、宮内は顔を見せずに、「何?」と小さく声を発した。

さらに訪問意図を告げると、「帰ってください」と声を荒らげ、電話をかけ始めた。

「もしもし、変な人がいるんですけど、来てもらえませんか。住所は……」

顔を合わす前から、宮内は私を不審者扱いした。

その二日後、再び宮内を訪ねた私は、また玄関越しに語りかけても、顔も見せないで警察に通報するだけだろうと思い、彼が外に出てくるのを待つことにした。

足に鈍い痺《しび》れが襲ってきた。こらえきれなくなり、私は持っていたバッグを道端に置いた。そのとき、青白い顔をした宮内が軒先に現れた。

雨戸を閉めようとしている。

私は、彼に駆け寄った。

「めぐちゃんのことは知っていますよね？」

宮内は怯《おび》えた表情でこちらを見た。

カーテンの隙間《すきま》から、部屋の中が見えた。洗濯物があちらこちらに吊《つ》るされ、雑然としているが、ひとり暮らしの男性のわりにはこざっぱりしている。

「めぐちゃんに何をしたんですか？　あなたに性的行為をされたと言っているんですよ」

宮内は雨戸を力ずくで引っ張って閉めようとする。

「何も言いたくありません」

「何をしたんですか？」

宮内は否定することなく、ただ「何も言いたくない」と念仏のように繰り返すのみだった。

しばらく押し問答を繰り返した後、彼は雨戸を閉めるのを諦《あきら》め、部屋の奥に引っ込み、電話をかけた。

けたたましいサイレンの音を鳴り響かせながらパトカーが到着した。

警察官はしばらく宮内と話したのちに、私のところへやって来た。

「おたくは取材って言うけど、何の取材か聞いても男は言わないんですよね。何の取材ですか？」

「それは彼が知っているので、本人に聞いて下さい」

初老の警察官は首を捻《ひね》る。

「いや、何度聞いても言わないんですわ」

私は、あえて警察官に取材意図を言わなかったのだが、宮内は部屋にこもったきり、もう出て来ようとしない。

やがてパトカーが去り、あたりは何事もなかったかのように静寂に包まれた。

めぐは、この他者をすぐに不審者扱いしながらも、彼女だけを受け入れた宮内と一体、どんな時間を過ごしたのだろうか。私は、暗然とした気持ちに襲われた。

めぐは、宮内や山田の家に出入りするようになり、門限を過ぎるどころか、だんだん外泊を繰り返すようになっていった。

祖母自身、それは二〇〇三年の八月か九月頃からだったように記憶していると公判で証言している。めぐが九歳の頃である。めぐは、毎週金曜と土曜の夜に、家に帰って来なくなった。それは数十回にも上った。

公判で弁護士が尋ねた。

「では、八月か九月頃から、週末の金曜、土曜の夜に家にいたことと、外泊をしていたことと、どちらの回数の方が多かったという認識ですか？」

祖母は、自明のことだと言わんばかりに答えた。

「外泊です」

こんなやりとりもあった。

「めぐさんがいなくなったという話を聞いて、めぐさん、どうなったと思いましたか？」

祖母は答える。

「殺されていると思いました」

平然と表情を変えずに言っていたことが、私の脳裏に深く刻まれた。

めぐは沖縄で保護され、自宅近くの児童相談所に移った後、捜査関係者にこう述べたという。

「ここでの生活は毎日楽しい。家に帰りたいかと聞かれると微妙。家にいてもあまりおもしろくないから」

家庭が安住の地ではなかっためぐ。では、学校はめぐにとって安らぎの場だったのか。

あるとき山田とめぐは、自宅近くのショッピングモールの中にある写真スタジオで、撮影を行っていた。めぐの夢は、モデルになること。気分を少しでも味わわせてあげようと、山田が連れて行ったのだ。めぐは様々な衣装に身を包んで、写真を撮られていた。

その撮影中、めぐの同級生たちがスタジオの前を通りかかった。彼らはめぐをからかった。めぐは泣きそうな顔をしていた。

また、めぐの通う小学校の文化祭に、山田は行ったことがあった。

そのとき、めぐは叫んだ。

「うちだって、こんなにたくさんの友達がいるんだよ」

山田はそれを強がりだと思った。なぜなら、毎週末、そして冬休みや春休み、めぐは毎日のように自分と遊んでいたからだ。

めぐと同じクラスの女児は、めぐの学校での様子を、私にこう話した。

「めぐちゃんは学校でいじめられていました。めぐちゃんの隣の席になると、男子が嫌がったり。誘拐の話がテレビに出たときも、あんな奴もう学校に帰って来るなと言う子もいました」

別の同級生はこう語った。

「家が近いから、一緒に遊んだことがあったんだけど、めぐちゃんはいきなりズボンとパンツを脱いで、下半身だけ裸になったんです。突然のことでびっくりしました」

めぐはなぜいきなり人前で服を脱いだりしたのだろうか。人の気を引きたい一心だったのかもしれない。

生まれる前に実の父に見捨てられ、生後すぐに母親にも見放され、祖父母とも意思疎通《そつう》がうまくいっていたとは言えず、たった六歳で児童相談所と関わりを持つことを余儀なくされた。学校でも浮いた存在で、心を開ける友達もいなかった。

どこにも居場所はない。

そんなめぐにとって、しがない中年男に過ぎない山田であっても、新しい世界に導いてくれる案内役に映ったのかもしれない。
私のことを真剣に考えてくれる。
ここではないどこかへ、私を連れて行ってくれる、逃げ出させてくれる。
逃げ出す——。
それは、めぐが最も恋い焦《こ》がれた人物が、かつてめぐに対して行ったことだった。

第七章　彷徨《さまよ》う母

〈きっと紗恵さんも彼女が満足できる程、両親から愛されなかった様な気がします。めぐを両親に預けたままにしたのは、紗恵さんの両親に対する仕返しなのでしょう〉（山田敏明の手紙より）

部屋の中から漏れてくる灯りが、塗りなおしたばかりの外壁のペンキを夜闇《よやみ》に寒々と浮かび上がらせる。これから「出勤」するのだろうか。濃い目の口紅をさし、きつい香水の匂《にお》いを漂わせた女性が、その無機的な廊下を通り過ぎていく。

中国地方の、とある県庁所在地――。二〇〇七年二月、古ぼけた七階建てのマンションの外階段で、私はインターフォンに向かって語りかけていた。

「少しだけでも、出てきて話してくれませんか」

「えー、どうしましょう。勘弁してください。父に叱《しか》られますので。お前は話すんじゃないって」

女性は、思いのほか丁寧な口調で答える。だが、その話しぶりとは対照的に、内容は私の訪問を拒絶するものだった。

めぐの母親である紗恵宅への訪問は、これが三回目だった。この前日と、そして二年前。インターフォン越しではそれぞれ一時間以上にもわたり話をしてくれるのだが、決して顔を見せることはなかった。私は、なんとかして一度顔を合わせて話をしたかった。実の娘が誘拐されたにもかかわらず、保護された後も会いに行こうとしない母親とは、一体どんな女性なのだろう。

今日も出てこないのだろうか。どうにか外に出てきてもらうためには会話を途切れさせてはならないと考え、私は矢継ぎ早に質問を繰り出し続けた。めぐについて尋ねると、彼女は以前と同じ言葉を繰り返した。

「めぐちゃんに会うのは怖いんです。かわいいと思えない。めぐちゃんの父親にとても似ているんです。あの子を見ると、父親をどうしても思い出してしまう。本当にそっくりなんです」

だから、めぐは父親似だと私は信じていた。憎んでいる元恋人の面影を宿した娘を見るのは、やはり辛《つら》いものなのだろうかと。

昼間は暖かく、上着を脱ぎたいほどであったが、日が暮れてからは息が白くなるほどの寒さになっていた。

私が震えているのが伝わったのだろうか。

「お寒いでしょう。今日は冷えますから。お風邪をひかないように」

私はもう一度頼んだ。どうしても面と向かって話がしたいのだと。

紗恵は迷っていたが、ようやく「少しなら」と言い、五分ばかり支度をして、扉を開けた。そこに現れた女性を目にした途端、私は衝撃を覚えた。

三十一歳という年齢よりも随分幼く見える、大人しそうな女性だった。とても子どもを捨てるようには思えない。ジーンズ地のミニスカートに、白色のダウン風ジャケット。胸にはハート形の飾りをぶら下げている。肌にはしみひとつなく、美人の部類に入るだろう。一見、生活に疲れた様子は窺《うかが》えなかった。

しかし、私が驚いたのは、予想していた外見と印象が違ったからではない。目は少し吊り上がっており、顎《あご》はほっそりととがっていて、色は浅黒い。誰が見ても親子だとわかる容姿だったからだ。

めぐと紗恵は瓜二《うりふた》つだった。

紗恵は、はたしてそのことに気づいているのだろうか。

暗い国道沿いに、そこだけ煌々《こうこう》と明かりが揺らめいている。二十四時間営業のマクドナルドは、夜の十一時を過ぎているにもかかわらず、市場のように混雑していた。国道を逆方向に数分歩くと、この街で一、二を争う歓楽街が広がっている。先ほどマンションですれ違った女性は、そこに吸い込まれていったのだろうか。

マクドナルドに入ると、酒を呑《の》んだ後に立ち寄ったと思われるグループは、存在を誇示するかのように大きな笑い声を立てている。机に突っ伏してひとりで寝ている人、隣同士に並んだカップル。親子連れの姿も目に入ってくる。

紗恵の自宅から徒歩で約五分。そのマクドナルドで彼女は、白湯《さゆ》が入っているカップにリプトンのティーバッグを浸しながら話し始めた。

「めぐちゃんが、男について沖縄に行ったのは、私が原因じゃないかとずっと思っていました。寂しかったんじゃないですか。父親を知らない子ですから。優しくされたから、父親みたいに思ってついて行ったんじゃないでしょうか。私のせいだと、私の父もずっと言っています。私が勝手なことをしていたからだと」

沖縄で保護された後、紗恵はめぐと電話で久しぶりに話をした。そのとき、「なんでついて行ったの？」と尋ねた。しかし、めぐは何も答えなかった。

逆にめぐが、紗恵に聞いたことがある。

「お父さんってどんな人だったの？」

「ひどい人だった」「お母さんのお腹《なか》を蹴《け》った」などと正直に説明した。

それでも、めぐは父親に会ってみたいと言った。失踪《しっそう》した肉親を探すテレビ番組を見て、「私もこれに応募しようかな」と口にしたこともあった。

紗恵は、今のめぐの顔を知らない。

最後に会ったのは、めぐが五歳のときである。そのときのまま時間が止まってしまっている。娘が誘拐事件に巻き込まれて、紗恵は約五年ぶりに実家と連絡を取るようになった。

めぐが生後六ヶ月のときに、紗恵は子どもを置いて家を出た。紗恵いわく、育児ノイローゼだった。

めぐが病院に入院しているとき、紗恵はめぐを故意に風呂《ふろ》の湯船に落として、沈めてしまったことがあった。詳しい記憶はない。無意識の行動だった。看護師が気づいてくれて大事には至らなかった。

――このままではめぐを殺してしまう。

そのときの紗恵には、逃げるしか道がないように思えた。そうでなければ、一緒に死ぬしかないと。

紗恵は一九七五年生まれ。三人きょうだいで、兄と弟に挟まれている。

現在めぐが住んでいる家には、十二歳から暮らしていた。同じ町内からの引越しである。

小さい頃から、自分の家は「普通のおうちとは違う」と思っていた。家族の団欒《だんらん》もないし、どこかへ旅行に出かけたこともなかった。

紗恵は父親が苦手だった。父親は長距離トラックの運転手をしていて、家にいないことも多かった。決して暴力を振るうわけではない。しかし、とにかく父親と考えがまったく合わない。

「自分のことを何もわかってもらえないような気がして、寂しかった。愛情不足でした」

中学生になった頃から、紗恵は家にいるのが苦痛になっていった。

家を出たい一心で、年上の男性と交際をして、彼のアパートに入り浸るようになった。初めて性交渉を持ったのは、中学一年のときである。家にはあまり帰らないようになった。

紗恵だけではない。紗恵の兄も弟もみんな家を出たがっていたという。弟は事情があり今も実家に住んでいるが、兄は早々に家を出た。

十七歳になると、十歳ほど年上の男と交際を始めた。出会いはナンパだった。

最初は優しかったその男だが、しばらくすると、紗恵に対して殴る蹴るなどの暴力を働くようになった。青あざを作って実家へ逃げ帰ることも度々あった。母親から、「どうしたの？」と尋ねられても、紗恵は何も答えられなかった。本当のことが言えるはずもない。男から、テレクラで客を捕まえて売春しろ、という言葉を投げつけられたこともあった。

そんな状況に耐えかね、紗恵は男と別れるため、実家に戻ることにした。すると、男は迎えに来た。そして、「結婚したい」と両親の前で宣言した。

それからまもなく、紗恵は妊娠した。妊娠の事実を告げると、男は「本当に俺の子なのか？」と、紗恵のお腹を足で蹴った。

「結婚したいと言ったのは、その場限りの言葉だったんです。彼は、私のことを好きでも何でもなかったのでしょう。単なるはけ口だった。私も利用していたんです。家からの逃げ道にしていた。彼に問題があるのはわかっていましたが、年も随分上ですし、守ってくれる人に見えた。得られなかった父親の幻影を求めていたんですね。年上の人にはお父さんのような感覚があって、惹《ひ》かれます。今でもそうです」

問題のある男であったとしても、家から逃れられるのであれば利用した。

紗恵の話を聞きながら、めぐが山田について行ったのも、同じような気持ちだったのではないだろうかと私は考えを巡らせた。

そんな横暴な男の子どもだから、紗恵は産むつもりはなかった。妊娠したときから中絶したいと言っていた。しかし、相手も自分も手術するお金がない。そうこうするうちにだんだんお腹が大きくなり、中絶できる期間は過ぎてしまった。

妊娠検査薬で妊娠を知ってから出産するまで、一度も病院に行ったことがなかった。検診なども受けなかったし、妊娠中だからといって身体《からだ》を労《いた》わることもなかった。だから、めぐが重病を持って生まれてきたのだと紗恵は今でも思っている。

「めぐちゃんが生まれてすぐはかわいいな、絶対に私が幸せにすると誓ったものです。でも、逃げたくなってしまった」

出産後、父親とはさらに意見が合わなくなっていった。

「私の心情を言ってもわかろうともしてくれずに、一般論しか言わない。私も辛かったから家を出たということを話しても、お前が悪いからめぐちゃんがこうなったと繰り返すばかりでした」

そして紗恵は家を完全に出て、実家近くの友人宅で暮らした。二十歳で初めて身体を売った。

めぐが五歳までは、数年に一度、実家に一、二週間だけ帰ることもあった。しかし、その帰省も歓迎されなかった。

「お母さんと一緒に暮らせると思って、めぐちゃんが期待してしまうのはかわいそうだ。育てられないなら、もう会わない方がいい」

父親のこの言葉に、紗恵は絶縁を宣言されたような気持ちになった。

その後は、関東、関西、中国地方などあちこちを転々とし、ソープランドやスナックで働いた。

男が追って来るのではないかという恐怖から、一ヶ所に長期間暮らすことができなかった。紗恵の弟のところに男が来たことが一度あったが、それ以外に男が現れたことはなかった。それでも、男の影に紗恵は怯《おび》え続けた。

十年以上経《た》った今でも、どこかで男に出くわすのではないかという恐怖を紗恵は持ち続けている。だから実家のある地方に行くのさえ嫌だと。男がどこで何をしているかはわからない。きっと、まともな生活はしていないだろう。女性を働かせてヒモのような生活をしているのではないか、と紗恵は思っている。

話し始めて一時間以上経過し、深夜零時を回った。決して饒舌《じょうぜつ》ではなかったが、こちらの質問に、紗恵はひとつずつゆっくりと答えてくれた。マクドナルドは相変わらずの喧騒《けんそう》である。

「普通こんな母親はいないと思うでしょう。子どもを置いて出ること自体が考えられないのかもしれない。お腹を痛めて産んだ子はかわいいはずだと言いますものね。でも、私には全然そういう感情がないんです」

「それでもめぐちゃんは、お母さんを好きなんですよ」

これまでの取材で、私はそう確信していた。

「それはないと思いますよ」

紗恵の声がそこだけ不自然に高くなった。

「おじいさんのことが好きだと思いますよ。私に対する気持ちは好きとかじゃなくて、物を買ってほしいだけでしょう」

事件後、紗恵のところには、めぐから週に一、二度、携帯メールや電話が来るようになった。めぐは携帯電話を持っていないので、祖父の携帯電話からメールをしてくる。

〈服買って〉

〈元気でいる?〉

〈体調はどう?〉

〈たまには顔を見せてね〉

〈何か買ったら送ってね〉

〈今日はこういう夕飯が出たよ〉

そんな他愛ない内容だという。

めぐにとって、携帯電話は、会うことすら叶《かな》わない母親との、唯一《ゆいいつ》のつながりである。

だが、紗恵は、めぐからのメールに対して二十回に一回程度の返事しかしていない。

「自分が母親だって感情がない。ないっていうか、わからないんです。形の上では娘がいるんでしょうけど、自分の娘だという感覚はない。この先、会うのかもわからない……」

紗恵は言葉をつまらせた。

事件後、家族から虐待《ぎゃくたい》されたとめぐが言っているという話を聞いた。紗恵は両親に「虐待なんてしたの？」と尋ねたことがあった。

紗恵の父は言い放った。

「虐待というなら、お前がめぐちゃんを置いて、好き勝手していることが、何よりの虐待だ」

だから帰って来いと、父は紗恵に言う。

「私がどうというわけではなくて、めぐちゃんがかわいそうだから、帰って来いと言っているだけ。父は、めぐちゃんがかわいくてしょうがないみたいです。私は父と合いませんから、実家で一緒に暮らすのは無理です。もしも、万が一、めぐちゃんと住むなら、実家とはまったく別のところですね」

「だったら、家にいたくないというめぐちゃんの気持ちもわかるんじゃないですか？」

「だから、めぐちゃんがもっと幼いときに、施設に預けた方がいいと親に話したことがあるんです。本当にめぐちゃんを親身にかわいがってくれる方が育ててくれたら、そっちの方が幸せなんじゃないかと。母も施設に入れた方がいいと言っていたんですが、父が絶対にだめだと怒ったんです。自分がめぐちゃんの父親代わりのつもりなんでしょう。父は娘の私よりも、めぐちゃんがかわいいんです」

自分の父と自分の娘の狭間《はざま》で、紗恵は屈折した感情に揺れているようだった。

紗恵が十歳の頃はどうしていたのだろう。

「厳しさに反発して、悪いことをして家を飛び出し始めた頃です。でも、両親の言うことを聞いてなかったから、今こんなことになっているのかもしれません。両親の言っていることは間違っていなかったのかもしれない」

「ご両親は、紗恵さんがいなくなった寂しさを、めぐちゃんで再び味わいたくなかったとは考えられませんか」

「いえ。私が家を出たときは、そんなに心配していなかった。そのうち帰って来るだろうって。でも、めぐちゃんがいなくなると、父親は具合が悪くなるくらい心配したと聞きました」

紗恵は知らない。めぐが山田と週末ごとに外泊を繰り返していたときも、祖父母がさほど熱心に探そうとはしていなかったことを。

「おばあさんは、『山田の子どもができちゃったら嫌だよ』とめぐちゃんに言っていたみたいです。それは私も言っています。私みたいにならないでって。自分がすごく辛《つら》かったから、同じように傷を負わないでほしい」

紗恵は、めぐを未婚で産み、その後も結婚は一度もしていない。めぐ以外の子どもも産んでいない。

「男性が怖いんです。トラウマがあって……。十八歳の何も知らない時期に受けた傷は大きく、また同じようにされるのではないかと思ってしまうんです。今でも男性を信用できないし、心を開けません。ご飯を食べに行ったり、飲みに行ったり、お友達としておつき合いする分にはいいんですが、結婚とか家庭とか考えた交際は難しい。言い寄ってくる男性はいても皆同じ」

とはいえ、孤独にうち勝てるほど彼女は強くはない。若く見える紗恵だが、終始うつむきがちな瞳《ひとみ》には、寂寥《せきりょう》が滲《にじ》んでいた。

「それはやっぱり寂しいですよ、ひとりっていうのは。過去のことを話せる相手もいません。友達にも子どもがいることを言っていません。この先どうなるのかな、生きていても楽しいことがあるのかな、何のために生きているのかななどと考えることがあります。実は今、心療内科に通っているんですよ。お医者さんからはストレスから来る鬱《うつ》だと言われました。自殺未遂したこともありました」

紗恵は子どもの頃から心臓に病気を抱えていて、いつかは手術をしなければいけないと言われていた。水商売で身体を壊したこともあり、最近、心臓の手術を受けた。そのときは、両親にも連絡したが、遠いから行けないと言われた。

逃げ出して来た実家だったが、手術で弱っていたこともあり、この年の正月、思いきって帰省しようと思って、切符まで用意していた。しかし、めぐをちゃんと育てる気がないのなら帰って来るなと両親から言われて、急遽《きゅうきょ》取りやめたという。

「私が親の立場だったら、娘の手術には借金しても行くでしょう。私だって、ちゃんとした家庭を持てていれば……。やはり両親は、私よりもめぐちゃんがかわいいんでしょう。結局、こちらでひとり、大晦日《おおみそか》もお正月も過ごしました。正月に限らず、イベントの日は、いつもひとりです」

手術に駆けつけてくれなかったと両親を責める紗恵。だが、彼女も、めぐが保護された際、会いに行こうともしなかった。その矛盾に、紗恵が気づいている様子はなかった。

紗恵は体調を壊したこともあり、体力的に水商売はできなくなった。今は職安で探した昼間の接客業に就いている。二年前に私が紗恵とインターフォンごしに話したときは、以前中退した「トリマーの学校にまた行きたい」と言っていたが、今はもう考えていない。

今後どうしたいと考えているのか。私は紗恵に尋ねた。めぐの将来を彼女に投影しながら。

「普通に暮らしていけたらと。男性を信じられないとはいえ、結婚して幸せになりたいという願いもどこかにある。ひとりかふたり、子どもも欲しい。本当は保母さんになりたかったほど、子どもが好きなんです。生まれてきたら手元で、一から育てたい。でも、めぐちゃんではダメなんです。ちゃんとした家庭を築きたいから。めぐちゃんは理解してくれるでしょうか。わかってくれる男性はいるのでしょうか。でも、めぐちゃんみたいな子どもがいるなんて言えないですよね。どんな目で見られるかわからない。やっぱり難しいんでしょうね。私自身、本当はもっと幸せになれたかもしれなかった。望んで子どもを産んだわけじゃない。人生間違えました。みんなが苦しむような、こんな今のような状態が幸せなのでしょうか。めぐちゃんにしても、別の命として生まれた方が良かったのではないかと思うんです」

紗恵の気持ちも理解できる。しかし、めぐのことを考えると暗い闇《やみ》を飲み込まされたような違和感を覚える。

「私の血が遺伝しているとしたら、めぐちゃんは将来身体を売るかもしれない。怖いことだけど」

「お母さんごめんなさい」

めぐは、沖縄で保護された後、紗恵と電話で話をしたときに、そう言ったという。

「彼女が悪いわけでもないのに……」

めぐは、母親を恨んでいないと言っている。でも、紗恵としては憎まれても恨まれてもいいと思っている。嫌いでもいい。むしろ、恨んでくれた方が楽だとも。その方が割り切ることができる。何もしてあげられない自分に葛藤《かっとう》する必要もない。

山田について尋ねると、紗恵は信じられないといった様子でこう言った。

「その男に話を聞いてみたいですね。なんでめぐちゃんを連れ回したのかって」

山田は、めぐに対する愛情があったと言っていた。

「愛情って男女の愛情のことですか？　信じられない。気持ち悪いですね。鳥肌が立ってくる」

そう言うと、本当に寒気を覚えたかのように、紗恵は自らの身体を腕で包み込んだ。

「めぐちゃんに電話で聞いたんですが、『その男とはもう会いたくない、名前も思い出したくない、鳥肌が立つくらい気持ち悪い』って話してました。でも、その電話のとき、父がめぐちゃんの近くにいたから、そう言わなきゃいけなかったのかもしれないし、私に対してはそう言わないといけないと思ったのかも」

紗恵は二年前に私にこう語っていた。

「山田とのやり取りを言わないでくれという大人もいると、めぐちゃんから聞いています」

めぐが本心を喋《しゃべ》ると他に困る人間がいるということだろう。公判で山田の弁護人はめぐを証人として申請したが、非公開という条件でも、それが認められることはなかった。

紗恵が一番心配しているのは性的関係があったかどうかだ。私は公判で明かされた事実を伝えた。

「そうすると……、めぐちゃんは可哀想《かわいそう》ですね。でも、めぐちゃんは沖縄で真っ黒に日焼けしていたって聞いていますから、それなりに楽しかったんでしょうね」

深夜二時を過ぎ、人がまばらになり、店の空気も緩んできた。それを埋めるかのように、蛍光灯の明かりが店内を照らしている。

紗恵はめぐの心情を推察した。

「めぐちゃんは、もともと男が何か買ってくれるからついて行ったと思うんですよ。好きだとかそういうことじゃないと思います。赤の他人の子どもにいろいろ買い与えられるなんて、男はどんなお金持ちなんですか？」

山田が生活保護を受けて暮らしていたことを私は告げた。

「はー、そうですか。信じられないです」

刑務所を出所した後、山田は思いを断ち切れずにまためぐちゃんに会いに行くかもしれませんよ、と私は話を振ってみた。

「また何かを買ってあげると言われて、めぐちゃんがついて行っちゃったら、今度は無事に帰れないんじゃないかと心配です。殺されるんじゃないかって」

不躾《ぶしつけ》だと思ったが、私は最後に敢《あ》えて紗恵に尋ねてみた。めぐに対する愛情は持っていない。母親だという認識もない。ならば、めぐが仮にどうなってもあなたが心配する必要はないのではないか。

「殺されたら嫌ですか？」

「それは、ねー、えー、もちろん」

紗恵は不意をつかれたように、言葉に詰まった。

「心配しましたからね。だって、警察から電話があって……」

そう言うのなら、どう思われようとも、まずはめぐに会ってあげることではないか。

めぐは紗恵に会いたがっているのだから。

「会わないと言っても、めぐちゃんが訪ねて来るかもしれないですよ」

めぐは警察でも、「お母さんに会いたい」と話している。

「いやあ、家に帰しますよ。だって、どうしたって私は育てられません。今は会わない方がいいんです。引き取る気もない。やっぱり、私への愛情はないと思いますよ。めぐちゃんは私のところには来ないんじゃないですか」

紗恵は、めぐを拒絶する。が、めぐは母親を強く慕っていた。いつか母親と一緒に暮らすことを願っていたのだ。そして、多分今も願っているだろう。

紗恵は、娘を捨て家を出た。今も子どもには愛情がないと言う。そして両親には、逃げた先さえ知らせていなかった。

家族というものは、彼女にとって重きを置けないものなのだろう。めぐが家族に何も言わずに、自分に良くしてくれる人について行ってしまうのもまた、家族の重みを感じ取れないからではないか。

断ち切ろうとしても断てない、見えない負の鎖が、離れて暮らす母と子を皮肉にもつないでいるように、私には思えて仕方なかった。

「少しだけ」と言っていた紗恵だが、結局、深夜三時近くまで話は続いた。帰り際《ぎわ》、紗恵は「遅くまですみませんでした。今日は冷えますから、お風邪をひかれないように」と先ほども言った言葉をもう一度繰り返して、冷え切ったマンションに入っていった。

第八章　断罪

〈ほとんどの人は、僕に責任を負わす事で、決着させようとしているのですか？　そして、それは誰の目から見ても、明らかに僕が「悪い」のでしょうか。ご都合主義で、一番目立った僕に、貧乏くじを引かせて、「幕」を閉じるのでしたら、「カーテン・コール」を僕にくださいよ。これで、「幕切れ」にだけは、させたくないと思っています。次の「アンコール」には、誰が見ても「最高」な物を、お見せ致します。絶対にね〉（山田敏明の手紙より）

「本件は、被告人が十歳の少女を誘拐し沖縄に連行したとされる事件ですが、その実態は、現代家族崩壊の典型とも言える父不詳・母蒸発という不幸な運命に育った被害者とされる少女をとりまく社会環境の落とし子と言える事件です」

二〇〇五年三月、弁護人による最終弁論は、鈴木のこのような言葉から始まった。

「少女は祖父母のもとに養育されましたが、五歳児頃から児童相談所の関与するところとなり、『歓迎されざる子ども』として、精神的、肉体的虐待《ぎゃくたい》、あるいは虚言等の中で、愛情と精神的安定を求めてさすらい、被告人と運命的出会いとなったものが本件事件とされるものです」

「いわゆる『不適切な取扱下に育った』（Maltreatment）少女と、離婚歴ある孤独な男の少女へのひとつの愛情の現れとして理解されるべきものと考えます」

今回の事件を、単に山田とめぐの話に留めることなく、現代社会そのものが抱える問題の縮図なのではないかと、彼女は提起したのだ。

さらに、少女は自らの意思で山田と行動をともにし、むしろ山田をリードしていたこと、山田の目的はあくまで家庭から虐待されている少女を保護することにあり、「被告人は誘拐行為を行っていない」と訴えた。

猥褻《わいせつ》行為については、起訴された訴因ではないことから、事実認定においてはもちろん、量刑上も判断の対象とすることは許されないと続けられた。

「被告人を終始リードしていた少女が、単なる『ロリコン目的』だけの男に連れ回されるほど無知であったとは、到底考えられない。少女は、被告人が自分を守ってくれる人間だと知っていた。だからこそ、少女は被告人と行動をともにしたのである」

弁護人の声とともに、山田の泣き声が法廷に響き渡った。自分が正当化されたと思っているかのような感涙に、私には感じられた。

一方、検事の論告では、山田の目的はロリコン行為以外の何物でもなかったとされた。

「そもそも、十歳の子どもを九日間も無断で連れ出し、その間、公衆浴場の男湯に裸体で入れるなどした犯時四十七歳の男から『恋愛感情からやった』などと言われて納得する家族があろうはずがない」

「被告人に最大限有利に斟酌《しんしゃく》して、被害児童から被告人に対し家族から虐待されていたという発言があり、被告人がそれを真に受けていたのだとしても、被告人が被害児童の女性器や乳首をなめるなどの所業を繰り返していたことに照らせば、本件は、被告人が金で被害児童を釣り、疑似恋愛体験、猥褻行為などといった自己の性的欲求を充《み》たすための犯行に過ぎない」

目的をいくら正当化しようとしたところで、性的行為をする必要などない。この点を突かれると、確かに山田は説得力のある反論材料を何も持ち合わせていなかった。

恐喝については、弁護側は「私的な示談」、検察は「美人局《つつもたせ》的な計画的犯行」と主張した。

求刑は懲役四年であった。

その約一ヶ月後、判決が言い渡された。いつもの法廷ではなく、この日は二階の広い部屋に変更され、テレビや新聞などの記者も多く駆けつけた。

裁判所へ向かう前に、山田は手紙にこう書いてきた。

〈少なくとも、丁度一年前の同じ季節の頃、思い迷っていた僕でない事は確かです。この一年でめぐには大きな前進という変化があったという事は、僕にも大きな励みと自信につながりました。とにかく、めぐを守り通した結果、救い出せたと。でも、そ

れが単なる自己満足だったらどうしようって、不安も感じてます〉

判決を控え一抹の不安を吐露しながらも、自分がめぐを救い出したのだという自説を貫こうとしていた。

「主文」

裁判長が言葉を発すると、山田は一瞬びくっとし、顔を上げた。

「被告人を懲役二年六月に処する。未決勾留《こうりゅう》日数中二百日をその刑に算入する」

実刑判決であった。裁判長は判決理由の説明を続けた。

まず、主導権を握っていたのはめぐであり誘拐などではない、との弁護側の主張については、あくまで山田の持ちかけにめぐが従ったに過ぎないとした。

「垢《あか》すりに行くことや沖縄県に旅行することを提案したのは被告人であり、本件児童は、これに賛同したに過ぎない。本件児童が当時十歳の小学生であり、被告人が当時四十七歳の成人男性であったことに照らせば、主導権はあくまで被告人にあり、被告人に可能な範囲内で単に本件児童の希望をかなえていたものとみるべきである」

また、誘拐をした最大の目的はめぐの保護にあり、実質的な違法性がない旨《むね》の主張に対しては、こう切り捨てた。

「少なくとも家族に無断で本件児童を引き離すことが必要とされるような虐待行為は

存しなかったとみるのが自然であり、このことを被告人も十分に認識していたと考えられる。そうすると、被告人が、本件誘拐に及んだ主な目的は、当時十歳である本件児童に対する歪《ゆが》んだ恋愛感情にあったものといわざるを得ず、かかる目的が本件誘拐の違法性を左右するものとは到底言えない。したがって、被告人に誘拐罪が成立することに疑問を差し挟む余地はない」

手紙の中で繰り返し山田が記していためぐへの愛は、「歪んだ恋愛感情」と片づけられた。

恐喝についても、完膚なきまでに山田は指弾された。山田の振る舞いが原因で、脅せば金が手に入ることをめぐは理解するようになったのであり、健康ランドで男がめぐの身体《からだ》に触れた行為も、山田たちによってけしかけられ、引き起こされた節がある。畢竟《ひっきょう》、山田の恐喝の罪は免れようがないと。

そして、量刑の理由が読み上げられた。

「善悪の判断能力も十分とはいえない本件児童が、事実上、被告人によるかかる恐喝行為を手伝い、安易に多額の現金を入手してしまったことが、今後の同女の成長に与える悪影響にも軽視できないものがあり、かかる点からみても本件恐喝は厳しく非難されるべきである」

「当公判廷においても、本件誘拐につき、低年齢の少女である本件児童に対する自己の歪んだ恋愛感情を棚に上げ、同女を保護するつもりだったなどと弁解を繰り返し、本件恐喝につき、暴行行為等を否認する旨の不合理な弁解を続けていることに照らせば、真摯《しんし》な反省の態度も見受けられない。そうすると、被告人の刑事責任は重いといわざるを得ない」

「他方、被告人が、本件誘拐の当初から長期間本件児童を誘拐する意図があったわけではないこと、本件児童も、自ら被告人と一緒に過ごすことを望んでいた節が見受けられ、少なくとも被告人が同女の嫌がることをしてはいなかったことが窺《うかが》われること、本件児童が現在は安定した生活を送っているところ、被告人が今後同女と会う意思はない旨述べていること、その他被告人のために酌《く》むべき事情も認められるが、本件各犯行の重大性等に鑑《かんが》みれば、被告人に対しては、主文掲記の実刑を科し、その猛省を促すことが相当である」

山田が唱え続けためぐを保護するという目的は弁解に過ぎず、「反省の態度も見受けられない」として、山田の主張は一蹴《いっしゅう》された。

この判決について、刑事事件に詳しい弁護士は言う。

「猥褻目的や身代金《みのしろきん》目的の誘拐であれば、より法的刑の重い別の罪名で起訴されていたはず。犯行態様はそれほど悪質だとは認定されなかったから、思いのほか軽い刑になったのでしょう」

ロリコン中年男による少女誘拐。山田は犯罪者で、めぐは被害者――。

確かに、その通りである。

しかし、これで本当に良かったのだろうか。

主導権を山田が握っていたと言い切り、この事件を片づけてしまっていいものか、違和感を私は持った。十歳と四十七歳の組み合わせからすれば、そうした見方が妥当なのかもしれない。しかし、単に十歳の子どもだから判断能力がないと割り切ってしまうことで見えなくなるものも多いはずだ。めぐの証人出廷は実現しなかったが、めぐ自身も訴えたいことがあったのではなかろうか。

さらに、いかなる理由があろうと、猥褻行為での刑事責任を追及すべきではなかったのか。そうでなければ、山田の真の反省もなされず、再犯の可能性さえ否《いな》めない。彼は長期刑を免れ、性犯罪者向けの更生プログラムも課されなかった。

公判後、弁護人の浜田は、「もう控訴しないよう説得しようと思います」と私に話し、実際、そうした内容の手紙を山田にも送った。しかし、山田は控訴した。弁護団も替えることにした。

地裁判決から約四ヶ月後、高等裁判所で控訴審は始まったが、公判では審議がなされずに、次回の判決日を決めたのみ、五分程度で終了した。

そして、そのわずか三週間後には、山田に判決が言い渡された。一審判決に対して被告人が行った控訴は受け入れられず、九十日の未決勾留日数の上積みが加わっただけであった。

山田は、すぐに上告を決めた。

〈ただ、法に触れたから、「悪い」と処断するだけではなく、ではなぜそうならざるを得なかったかの、バックグラウンドを見てもらわないと〉

国選弁護人では、納得のいく弁護を受けられるとは限らない。山田は、上告審の弁護人は私選にしたいと考えた。しかし、弁護士に知り合いなどいない。やむを得ず、十年近く前、自己破産の手続きを依頼しながら、結局は着手金が払えずにうやむやになった弁護士に依頼の手紙を送ったが、相手にされず、また別の国選弁護人が引き受けることになった。

二〇〇六年二月、山田のところに、最高裁からの上告棄却通知が届き、刑が確定した。

刑務所へ収監される前、私は最後の面会に訪れ、山田に尋ねてみた。

「今まで誰か面会に来た人はいましたか？」

「誰ひとりいません」

気がつけば、めぐはおろか、もはや彼の周りには誰ひとり、理解者がいなくなっていた。もちろん、彼がかつてともに暮らしてきた者も。

山田の子どもたちは、父のことをどう思っているのだろうか。娘と息子は、山田の最初の妻である母の真紀《まき》と一緒に、山田が暮らしていた同じ地方に住んでいる。私は真紀のもとを訪ねた。

暮らし向きは決して楽ではないのだろう。古い小さな平屋は、なんとか持ちこたえるかのように建っていた。

「もう関係ありませんから」

私の訪問を真紀は拒絶した。別れた夫のことなど、自分たちの知るところではないと。だが、山田の件で捜査関係者に話を聞かれた際には、穏やかならざる心境をこう話している。

「子どもたちは父親があのような事件を起こしたことに対して、口には出しませんが相当な衝撃を受けているに違いありません」

　めぐと遊ぶための金ほしさだったのだろうか。事件前年の暮れ頃、山田は真紀が暮らす家にやってきて、家にひとりいた娘に「お金を貸してくれ」と頼んだ。娘が「ない」と言うと、「五千円でもいいから貸してくれ」と山田は懇願したが、娘は断った。そのときの娘の心境を想像すると、私はいたたまれない気持ちに襲われた。

　娘は、山田の逮捕後、親をテーマにした作文コンクールで、賞をもらったという。一審判決後、その作文のコピーが弁護人から山田に差し入れされた。

〈母が、私にとってただひとりの親です。私が幼いときに離婚して以来、私を育ててくれたのは母でした〉

　という主旨で始まる約千字の作文には、弱音を吐かず女手一つで自分を育ててくれた母への感謝の気持ちが綴《つづ》られている。そして、父親である山田の存在を完全否定するように、次のような言葉で締めくくられている。

〈母だけが、私にとっての親です。父母と一緒に仲良く、との希望は私には持つことができません。でも、構いません。母が元気でいてさえくれれば、それで良いと思っています〉

　山田はその作文を握り締め、涙を流した。その嗚咽《おえつ》は、号泣に変わったという。

山田は娘へ伝えたい思いを手紙にこう書いた。

〈めぐの受けた「虐待《ぎゃくたい》」について口に出していながらもう一方で、君達の心を踏みにじっている私を恥じ入ります。これだけは、はっきり書けるよ。真紀さんもめぐも私を選んだミスをしてしまったけど、君は決して私を選んだ訳じゃないからね。それが君の不幸な所だよ。ごめんなさい〉

娘を傷つけることになるのがわかりながら、山田はどうしてもめぐから離れられなかった。

刑務所に移送される直前、山田は手紙にこう書いてきた。

〈めぐに、僕の残していった子供達のおもかげを見てしまいました。めぐを産ませて知らん顔している野郎に、僕自身を見ました。めぐを置いて行ってしまった女に、僕自身を振り返りました。めぐには、「親」が必要で、僕が代わりになろうとしました。でも、めぐに僕は「H」をしてしまったのです。もう「親」にもなれません〉

めぐが虐待されていると山田から相談されていた女性市議は、改めて事件をこう振り返った。

「山田さんが性的行為を働いていたということを裁判の過程で知ったときは、本当に驚きました。それでも、山田さん自身、悪気だけではなかったと思うんですよね。そうせざるを得なかったほど、めぐちゃんが置かれていた環境が不幸だったということなんでしょうね。めぐちゃんはとても寂しかったと思うんです。話を聞いてくれる人、言うことを聞いてくれる人を、精神的な安定を求めて欲していた。子どもですから、自分ひとりでは生きられません。そんなときに、たまたま出会ったのが山田さんだった。良いか悪いかは別にして、めぐちゃんを守りたいという気持ちは、確かにあったと思うんです。児童相談所に対して山田さんは、『何度も電話して何とかしてあげてくれと言っているのに、どうして何もしてくれないんだ』と怒っていたわけですからね」

市議の目には、めぐはどう映っていたのだろう。

「確かに、めぐちゃんは可愛《かわい》いですよ。山田さんに対して、『やだー、全部しゃべっちゃったのー』なんて、甘えたような声で言っていましたが、お茶目で愛想の良い子だと感じました。しかし、それはめぐちゃんのような複雑な家庭環境で育った子どもが、生きるための術《すべ》、テクニックとして身につけたもの、身につけざるを得なかったものだと思うんです。それを大人が可愛いと感じ、感情移入してしまうのは、勝手なエゴに過ぎないんです」

　なぜめぐは山田と行動をともにしたのだろうか。彼女は、山田のことを「バカ」とか「おい」と呼んでいた。めぐにとっては御しやすい、金や物をくれる都合のいい大人だったから利用しただけなのか。

　めぐの身体には、生後間もない頃に受けた手術跡があり、それはさまざまな負い目の象徴だったのではないだろうか。手術は、めぐの家族にとって大きな金銭的負担がかかり、そのせいでめぐはずっと肩身の狭い思いをしてきたはずだ。母親も、めぐが手術を受けたことがきっかけで家を出てしまった。モデルになりたいという夢が、傷のせいで叶《かな》えられないのではないかとも気にしていた。傷を見るたびに、めぐの胸は痛んだであろう。この傷があるせいで、誰からも愛情を受けられないのかもしれないと。

　そんなめぐに山田はこう言った。

「その傷のおかげで君はまだ生きているんだよ」

　この山田の言葉は、彼もまた孤独の淵《ふち》にいたからこそ言えたもののように感じる。めぐは生まれて初めて、自分が肯定された思いを持ったのではないか。

　弁護人の鈴木さゆりは、

「その言葉を聞いたとき、もしかして私もついて行くかもしれないと思いました」

と言った。そして、めぐについてこう評した。

「めぐちゃんは他のみんなが騒ぐほどじゃなくて、本当に普通の女の子なんです。特別すれていたり、女を利用してすごい子だと言われちゃうのはかわいそうです。そう言う人がいたら、じゃあ、あなたがその環境で生きてみろと言ってみたい。他の人だったら、耐えられなくてしぼんじゃうと思う。その厳しい環境の中で、サバイバルしている。必死に生き延びようとしているんです」

めぐのサバイバルは、逃げることでしか成立しなかったのだろう。

めぐと似た生いたちを持つ山田の前妻の光代は、私にこう語った。

「家族に事情があり、とにかくそこから逃げたかった。精神的な安定をいつも求めていました。山田さんのことが心から好きだったかどうかは、今でもわかりません。それでも、ここではないどこかへ逃げるために、山田さんのところに行ったんです」

めぐの母、紗恵も同じように逃げることを選んだ。

めぐは、母親のように家出します、と沖縄で家族宛《あ》ての手紙に書いた。紗恵はめぐにほとんど何も教えずに家を出てしまったが、たったひとつ伝えたことが、逃げるという生き抜くための術だったのかもしれない。

皆、生きたいがために、逃げたのだ。
逃げることは、生き延びることだった。

終章　置きざりにされたもの

二〇〇六年四月、山田は刑務所に収監された。

十一人部屋に入り、民芸品であるだるまの製作作業を行っているという。そこで得た賃金で便箋《びんせん》を買い、月に一度は、私に書信を送ってきた。

その内容は、めぐとの日々を振り返り、娘の近況を心配し、そして刑務所内での愚痴など、以前と代わり映えもしないことの繰り返しであった。

山田は、〈こんな僕の社会復帰を彼らは喜ぶどころか、おそらく歓迎もしてくれない〉と書いていたが、それは正しい認識だろう。

沖縄で山田に温かい手を差し伸べてくれた運転代行会社の女性部長は、裏切られたとの思いが強いのか、事件後、山田についてこう毒づいてみせた。

「あれはとんでもない男さ。刑務所から出てきたら、また同じことをするよ。必ず、めぐちゃんのところに戻るね」

山田の弟は、兄を憎んでいた。事件後、妻と離婚し、子どもとも離れ、ひとりで暮らしていた。事件が離婚の原因の一端となったことは想像に難くない。山田の最初の妻であった真紀は、怯《おび》えている。出所後、山田が娘たちに会いに家に来るのではないかと。

山田と縁のあった者のほとんどが、彼の名前さえ聞きたくないといった様子だった。

刑務所内の山田。そこでも彼は、他の受刑者たちから異口同音に疎《うと》んじられている。

「自分を正当化し過ぎてる」

「ヒーロー気取りだ」

刑務所の外でも内でも、相手の立場が変わっても、評価は同じだ。山田は何も変えられないまま、塀の中で五十歳の誕生日を迎えた。

出所予定三ヶ月前から、刑務所内で就労支援を受けることを山田は希望した。希望の勤務地を書く用紙には迷わず、めぐが住んでいる地域を書いた。

〈僕は今回あの地域を選んで何を期待しちゃっているのでしょうか？　ここが僕の人間としての弱さかと思います。今までの人間関係が及ばない、どこか誰も知らない遠くの場所に旅立てる勇気がなかったと言えばそれまでですね〉

何も変えられないまま、取り残される無残な男の姿がそこにはあった。

めぐは、中学生になった。事件後、彼女は児童相談所に一時保護された後に、自宅に戻った。やはり寂しいのだろうか。相変わらず見ず知らずの人に話し掛けているという。会いたいと切望する母親は顔も見せずに、メールの返事さえたまにしか寄越さない。学校ではからかわれることもあるようだ。

私はずっとめぐに話を聞きたいと願っていた。しかし、親権者である母親は、自分には何とも言えない、祖父に聞いてくれと言った。祖父には手紙と電話でめぐへの取材を申し入れたが、それが許されることはなかった。

猛暑もようやく落ち着き始めた二〇〇七年初秋。最後にもう一度と考え、めぐの自宅に赴くと、ちょうどめぐが学校から帰ってくるところだった。紺色のセーラー服姿のめぐは、素早く家の中に入っていった。私はその姿を追いかけ、玄関先にいた祖父に、何とか直接話をさせてくれないかと頼んだ。

「孫とじいさんの関係だって、事件のことは話さないんですよ。きっと嫌な思いもあったでしょう。そういうことに関して、俺らだって何があったかなんて聞けませんよ。めぐちゃんも、もう事件のことは忘れているでしょう」

祖父は、事件のことは忘れさせたいと、やはりめぐへの取材を拒んだ。そうして保護者として当然の配慮を示してみせながらも、彼自身もめぐにどのように接していいか戸惑っているようだった。

「でもさ、正直言うと、俺も不思議ではあるんだ。いくら物を買ってくれるからって、どうして何度も山田について行くのかなって。なんで、同じことを何度も繰り返したか、めぐちゃんに聞きたいですよ。聞けないけどね」

めぐが週末家出を繰り返していた頃、

「友達のところに行く」

「買い物に行く」

そう言われると、それ以上祖父はめぐに問い質《ただ》すことができなかった。

「だって、学校が終わった後、家の中にずっと置いておくわけにはいかないんだし、ずっと誰かがついているわけにもいかないでしょう。こういうことは交通事故みたいなもんで、誰の身にでも起こるんじゃないかな」

ひとつ屋根の下で暮らしている小学生に、行き先さえ聞けない。それは思いやりのようで、実は無責任なのではないか。

祖父は問題を家族ではなく外に向けている。

山田のところにめぐが通い始めてから二ヶ月目、日曜日の夕方になると児童相談所の職員に連れられて自宅に帰ってくるめぐの姿を見て、祖父もさすがにおかしいと感じた。職員に「めぐを連れ回しているのは誰か？」と尋ねても、「善意の人だから教えるわけにはいかない」と繰り返すばかりで、結局、何も教えてくれなかった。だから児童相談所の責任だと、祖父は言うのだ。

さらに祖父は、警察にも憤《いきどお》りを感じていた。警察は山田に、〈めぐにはもう二度と近づかない〉という誓約書を書かせておきながら、結局、何度も同じことが繰り返された。警察の無策ゆえに、このような事件が起きてしまったと思っている。

それは一理あるだろう。しかし、私には疑問が残った。

「めぐちゃんに対して、勝手に家を出ていかないようにと叱《しか》らないんですか」

祖父は答えた。

「叱って直りますか？　同じだと思いますよ。叱って直るなら、みんないい子になるでしょう。でも、そんな訳ないですからね。それにギスギスするのも嫌だし」

このままでは母親と同じ道を歩むのではないか、という心配はないのだろうか。

「そりゃ、しょうがないでしょう。紗恵だって、こっちが出てってくれって言った訳じゃないしね」

そう言うと、祖父はせわしなくタバコを取り出し、火をつけようとした。そのときだった。

一旦《いったん》、家に入っためぐが半袖半《はんそで》ズボンの体操着に着替えて外に出て来ようとした。しかし、私の姿を確認すると、再び家の中に戻ってしまった。私は、強引に声をかけようか、一瞬迷った。

「何を求めていたの？」

「何から逃げたかったの？」

だが私は、口まで出かかった言葉を飲み込んだ。

祖父はめぐの様子に気づくことなく続けた。

「山田は出所すれば、また同じことをするでしょうね。警察や児童相談所の人には、『何かあったらあなたの責任だから』と言ってある」

祖父は語気を荒らげた。

山田の実刑判決により、四十七歳の男による十歳の少女誘拐事件は決着した。しかし、それによって何が解決したのか。ただ単に、法律的に事件の一端が処理されただけに過ぎない。

めぐの本当の気持ちを誰が汲《く》み取り、そして手を差し伸べたか。誰が、彼女が逃れようとしていたものの正体と真剣に向き合ったか。少女を取り巻く世界は、めぐが被害者として認定されようと、結局何も変わっていないように思える。

めぐの母親は、両親から十分な愛情を受けずに育ったと嘆いた。だが彼女もまた、娘であるめぐに愛情を注ぐことはなかった。そして、めぐに虐待《ぎゃくたい》を働いた。そのめぐは、時として他者に暴力的に振舞った。

山田も同様だ。両親から確かな愛情を得られなかったという気持ちを今も引きずり、そうはなりたくないと思いながらも、実の子どもたちを裏切った。そして、父親から受けた暴力を、母親や第三者、さらには性的な意味においてはめぐに対してまでも振るった。

連鎖していく「加虐」と「被虐」。

それを断ち切るために何ができるのか。そこには何ひとつ、メスが入れられていないのだ。

受け入れ難いと感じられた環境からの逃避を試みたひとりの少女の現実が、そして結局再びその環境に舞いもどってきためぐに圧し掛かる枷《かせ》が、相変わらず私の眼前にはただ重く横たわっているばかりであった――。

それでもなお、まったく希望がないわけではない。めぐはもうすぐ十四歳。近所では、ぶかぶかのハイヒールを履いて家の周りを闊歩《かっぽ》しているめぐの姿が目撃されている。

「どうしたの?」と聞くと、めぐは颯爽《さっそう》と胸を張って答えている。

「モデルになる練習をしているんだ」

そして、自分と同じ道を歩むのではないかと心配する母親の紗恵に、めぐはこう言った。

「お母さんみたいにならんよ。だって夢があるから。子どもを置いて出て行くなんて信じられんわ。うちは、絶対に、お母さんみたいにはならんよ」

母から受け継がれた負の連鎖。誰かに頼ってではなく、自らの手でその鎖を引きちぎろうと必死にもがいている。

少女の逃避行はまだ続いている。

あとがき

この事件の取材を始めたとき、私は「両親から見捨てられ、家族から虐待《ぎゃくたい》を受けている少女」と「少女を救おうとした、二度の離婚歴がある孤独な中年男」の「逃避行」という構図を描いていた。

しかし、三年半にわたる取材を進めていくうちに、その見立てはどんどん崩されていった。

少女は恵まれない環境に育っていたが、それにじっと耐えるだけではなく、幼いなりの知恵を絞ってサバイバルしていた。いたいけで無垢《むく》な少女、と言ってしまうには、たくましさも兼ね備えており、ときには、非行と取られかねない行為やわがままな言動が見られることもあった。少女は単なる被害者という構図に納まりきらなかった。

一方、中年男性も、少女を救いたいと言いながら、実は自らの醜い欲望をうちに秘めていた。そして、その欲望に打ち勝つことができなかった。少女に対する卑劣な行為は、どんな理由をつけようと許すことはできない。当然、男は法で裁かれることになる。しかし、少女を救うためだけの逃避行ではなかったように、単なる欲望を満たすためだけの誘拐と言い切れるほど単純なものではないように、私には感じられるのだ。

そして、このふたりだけではなく、少女を棄《す》てた母親も、どんなに冷徹な女性かと思いきや、彼女もまた、現実の桎梏《しっこく》に苦しんでいた。虐待をしていると少女に触れ回られていたという家族も、彼女のことを気にかけていなかったわけではない。誰かを断罪することは簡単であろう。

しかし、問題はそんなに単純なものなのだろうか。

誰が被害者で、誰が加害者なのか。何が悪で、何が善なのか。誘拐だったのか、それとも逃避行だったのか。私は、その境界が曖昧《あいまい》になっていく感覚に何度も陥った。

プライバシーを考慮し、登場人物を匿名《とくめい》に、地名等も原則として特定を避ける表記にした。また、手紙等の引用に関しては、文意のわかりづらい箇所について、一部表現を改めた。

最後に、この場を借りて取材にご協力いただいたすべての方々に感謝申し上げたい。

河合香織

文庫版に寄せて　それからの二人——

「嫌かもしれませんが、一度会っていただけませんか」

山田から連絡が来た。彼は未決勾留日数二百九十日を含めた二年六ヶ月の刑期を終えて、関東地方のある地区に住んでいるのだという。

事件から六年近くになろうとする春の終わり、彼の自宅最寄り駅で待ち合わせた。十分前に着いた私を、山田はビニール傘に雨を滴《したた》らせながらすでに待っていた。桜の葉色の作業ズボンに、同じ緑ではあるけれど明度の高い苗色の上着を着ている。

アスファルトに水玉を描いている雨のなかを、足を少し引きずった山田は私を先導して、ファミレスに誘った。病院には通っていないものの、歳《とし》のせいもあり足を少し痛めているらしい。

拘置所の濁ったアクリル板越しと法廷でしか会ったことのない山田が、目の前で三百八十円のフレンチトーストを食べている。

山田は出所後の生活を語り始めた。

二〇〇七年冬、身元引受人がおらず、仮釈放されないで満期出所した。所持金は三千円。片道交通費の半額を支給され、霞が関にある東京保護観察所に向かったものの観察対象ではないため相手にされず、ＮＰＯが運営している施設に入所した。刑期を終えた人だけでなく、路上生活者なども身を寄せる場所であった。

そのような施設を転々とし、二〇〇九年夏からはアパートで一人暮らしを始めた。一貫して十二万六千円の生活保護を受け続けているが、仕事もしている。配達員や老人介護など、仕事の訪問先では児童と接する機会もあった。

子どもは無邪気になついてくる。自身の「気持ち」を抑えることができなくなりそうで数ヶ月ごとに転職。そうやって、女児と触れ合える「チャンス」を強制的に自ら奪おうとした。それでも無意識のうちに、小学校の目の前のアパートに暮らそうと試みたりもしていた。職場も近所の人も、山田の前科を知らない。

自分の小学生女児への関心はおかしいのだろう、誰かに何とかして欲しいと思って、刑務所でわいせつ犯に科される矯正プログラムを受けたいと申し出たこともある。しかし、「お前はわいせつで起訴されていないから必要ない」と拒絶された。出所後も、ケースワーカーや施設長に相談したが、「自分にはわからない」と言われるだけであった。「病気なのかもしれない」と総合病院の精神科で診察を受けたが、女性医師は短くこう諭すだけだった。

「警察へ行ってください」

罪を犯さない限り、警察でもどうしようもないことはわかっていた。山田は途方に暮れた。

外を歩くとどうしても女児に目がいってしまう。だから、散歩さえも控えているという。朝から昼まで働いて、午後からは家賃四万五千円の部屋にこもってインターネットを見ている。友達もいないし、元妻や弟、子どもなど周囲にいた誰にも会っていない。

「また同じ過《あやま》ちを犯してしまうかもしれません。自分はどうすればいいんですか？」

山田は何度も繰り返した。

今は何も幸せを感じられない日々だという。食事をしていても味気ない。夢もないし、不安も感じない。おそらく希望がなければ絶望も感じないのだろう。

「めぐちゃんに会いたいですか」

私が尋ねると、山田は小さく首を左右に振った。

「追いかけようとは思わない。成長していて、俺なんか相手にしてくれないでしょう。とっくに擦れちゃっているんじゃないかな。もう必要とされていない」

そう言うものの、最後に「願いが叶えられるとしたら一番何がしたいか」と尋ねると別の感情を覗かせた。

「できるなら子どもたちに会いたい。息子、娘、めぐ。今はもう二十一歳、二十歳、十六歳になっています」

山田は今でも「めぐ」と呼ぶ。彼女は恋人であり、そして自分の子どもでもあった。いつわりでも親子だったのだと。身勝手な言い分に過ぎるが、山田にとってはどちらも真実なのだろう。

「沖縄にあのままいられたらどうなっていたのか、今でも考えます。もしATMから足がつかなければ、二人で住み続けていられたのではないか。帰りたくなかった」

五十三歳の山田は、成し得なかった「誘拐逃避行」という倒錯の世界にいまだに生きていた。

霊園に呑《の》み込まれそうな古い平屋に暮らしていた十歳だった少女。彼女もまた、「逃避行」を生き続けているのか。

二年半ぶりに訪れた小さな集落は何も変わっていないように見えた。噎《む》せ返るほど連なる桜の巨木。強い風のなか、花びらが音符のように町を舞っている。

「ああ、めぐちゃんね」

近所の家の庭先で「東京から来たものですが」と声をかけただけで、めぐの名前など私が一言も言わないうちから、彼女の話を聞きに来たのだと了解しているようだった。

めぐちゃんでしょ。よくね、うちの前を自転車で通っていたんだけど、高校に入ったら派手な化粧になってました。家からはしょっちゅう怒鳴り声が聞こえて、手足に痣《あざ》もありましたよ。そんなことを饒舌《じょうぜつ》に語る。

そして、付け加えた。

でも、ここ数ヶ月まったく見かけなくなったと――。

「あの子はもういないわよ、ここには」

めぐの家を訪ねると、かつては姿を見せなかった祖母が応対した。小さな三和土《たたき》にはかつて靴がたくさん散らかっていたのだが、妙にこざっぱりとしている。居間の仏壇には、祖父の遺影が飾られていた。

「道で倒れて死んじゃってね。一周忌をちょうど終えたばかり」

葬儀にはめぐの母である紗恵もやってきた。

「お母さんに会いたい」

山田に何度も訴えていためぐが、ようやく母との再会を果たせたのだ。だが、めぐの言葉は意外なものだった。

「こんなお母さんに会いたくなかった」

母は心を病み、中国地方の病院で暮らしているのだという。歩くのもふらふらして覚束《おぼつか》ず、言葉も不明瞭《ふめいりょう》で、ずいぶんと太り、変わり果てた姿だった。

祖母は捌《さば》けたように言った。

「どっかおかしくなっちゃったんだよ。まだ若いのに」

紗恵は一周忌には参列しなかった。

そして、めぐも――。

同じ小学校に通っていた少女によると、事件後、めぐは学校で更なるいじめに遭っていたという。かつてと同じように、突然シャツを捲《まく》って下着をつけていない素肌を見せることもあった。中学校でも友達はほとんどいなかったというが、祖父が家で勉強を教えていた甲斐《かい》もあり、高校に合格した。

自転車で街を颯爽《さっそう》と駆け抜けるめぐの姿があった。真新しい制服、鞄《かばん》、友達。やり直せるのではないかと胸を膨らませていたのかもしれない。

だが、入学とほぼ同時に祖父が急逝。祖母と働いていないという叔父との三人での生活になった。めぐは回転寿司店などでアルバイトを始める。

バイト先のひとつを訪ねると、店員はめぐのことをよく覚えていた。

「こちらが挨拶《あいさつ》しても無視する子で、いつも人と目を合わせないようにしていました。何かに怯《おび》えたような感じでしたよ。手足には痣があった。彼女の家から『めぐを出せ。まだ帰って来ないんだ』と怒鳴る電話が何度かありました」

バイト仲間の携帯電話を勝手に使ってしまったことがトラブルになり、めぐはバイトを辞めた。そして、前後して高校も中退してしまう。

「三十代くらいの男と連れだって遊んだり、人の携帯を勝手に使ったり、深夜まで帰って来なかったりしてもう手に負えなかった」

祖母は、ある「施設」に連絡をして、めぐを引き取ってもらうことにした。これ以上孫を育てることはできないと。

「めぐちゃんは今どこにいるんですか？」

そう尋ねると、祖母は「ちょっと待って」と部屋の奥に消えた。彼女は、施設の電話番号と担当者の名前を書いた紙を持ってきた。まるで、もはや自分は「第三者」とでも言いたげに。

「ここに連絡して聞いてください。私はもう何もわからないから」

施設からはたまに連絡があるが、めぐ自身とは話していないし、今後も話すつもりはないそうだ。

「あの子、施設では優雅にやっているようですよ」

私は言葉を呑み込んだ。優雅なわけがない——。

祖母は重荷を下ろしたかのようなすっきりした表情をしている。部屋の中で小型犬が吠《ほ》えた。

「かつて山田からもらった犬ですか？」

「そうそう。最初は嫌だったんだけど、ずっと一緒にいるとかわいくなってきてね」

いまは祖母と叔父、そして犬がこの家に暮らしている。

私はめぐが暮らしているという施設を訪ねた。

「細かいことは言えないんですけど、ちょっといろいろあって話ができるかどうか」

めぐの担当だという施設職員は言葉を濁した。その後、正式に施設からは「親類でもない方に会わせられない」と連絡が入った。どこか身体の具合でも悪いのか、もしくは……。

私はめぐの元気な姿をひと目だけでも見られないかと、日を改めて施設の前で待ってみることにした。ただ成長した姿をこの目で確認したい。私自身、「答え」が欲しかったのかもしれない。

雨が降り続いた後の、ようやく晴れた暖かい日。子どもたちが庭に出てくる。だが、めぐを見つけることができない。

すると、先日とは別の職員が出てきて不意にこう告げてきた。

「めぐちゃんはもうここにはいませんよ」

安易に「答え」を求めようとする私をあざ笑うかのように、またしても彼女は「逃避行」に出ていた。

振り出しに戻された気持ちで、私はその場にうずくまりたくなった。

新たな生活の場で、彼女の不遇は改善されているのだろうか。ほとんど唯一《ゆいいつ》の理解者だったであろう祖父も亡《な》くなり、夢に見た母は変わり果て、祖母は無関心に「第三者」然としている。友達もできず、学校にも行けず、帰りたいと願っても受け入れてくれる家さえなくなった。おそらく私が想像している以上の闇を抱えているに違いない。

どれだけの時間が経《た》っただろう。祖母のある言葉を私は思い返していた。

めぐの家に足を運んだ際、彼女はこう語っていたのだ。

「高校生になっても、あの子はずっと言っていましたよ」

何をですか？

「モデルになりたいって」

なれると思いますか？

「そんなの無理無理」

祖母はそう一蹴《いっしゅう》したが、めぐはいまもモデルになりたいという夢は捨てていない。すべてを失ったかのように見えても、奪われていないものもある。

これが「答え」のはずはない。しかし、そんな綺麗事《きれいごと》でも思い浮かべなければ、まるで宿痾《しゅくあ》のごとく流浪《るろう》を繰り返すめぐの孤独に、私は向き合うことができそうもなかった。

ブカブカだったハイヒールには、もう足が入らないだろう。

十歳だった少女は十六歳の女になろうとしている。

解　説

角田光代

四十七歳、無職の男が、十歳の少女を連れまわし、逃亡先の沖縄で逮捕された。その後児童相談所に引き取られた少女は「家に帰りたくない」と言ったという。

この事件は、その奇妙さで、マスコミにずいぶん取り上げられたらしい。けれど私は本書に出合うまで、その事件のことをちっとも知らなかった。二〇〇七年、私は単行本で刊行されたばかりの本書『誘拐逃避行』（単行本時タイトル）を書店で見かけ、迷わず買った。まるで小説のような事実に驚き、読みやめられなくなった。読後のぼうっとした気持ちを、今も覚えている。

「帰りたくない」、少女のその一言に、この事件の奇妙さが凝縮されている。果たして、逃亡を企てたのは男なのか、それとも少女なのか。それぞれの背景にはいったい何があるのか。マスコミが飛びついたのと同様に、だれしもが事件の真相に興味を持つだろう。もしかしたら著者の河合さんも、最初は私たちとまったく同じそんなシンプルな興味で、この事件を知ろうとしたのではないかと、失礼ながら想像する。そうして著者は、思わぬ深みへとどんどん手を引かれていく。私たちもまた、ページを手繰《たぐ》ることで、著者に誘われ想像をはるかに超えた暗い場所に、連れていかれることになる。

著者はまず、拘置所に勾留されている四十七歳無職の男に手紙を書く。返事はこないかもしれないという予想に反し、彼、山田敏明から返信があり、結果、その手紙の数は千三百枚以上にもなる。

私は当初、男と少女のあいだにあったものはれっきとした恋愛なのではないかと思った。恋愛にルールはない。作家マルグリット・デュラスは六十六歳で三十八歳年下の青年と恋仲になった。十歳の少女と四十七歳の男が本当の恋愛をしたって、なんの不思議もない。そこにある問題は道徳ではなく、未成年者略取誘拐など人間が作った法律でしかない。

が、彼、山田が語る三十七歳差のいっぷう変わった「恋愛」には、きなくささがつねについてまわる。そのきなくささの原因は、山田の冗舌である。半端ではない量の手紙は、やがて自身の生い立ちを語る言葉で埋められていく。著者は山田に面会にまでいくのだが、そこでもまた、彼は手紙と同様に、大量の言葉を放つ。

そうして私たち読み手は、著者が通い続けた公判において、山田自身の手紙や言葉からは決して見えてこなかった、衝撃の事実を知らされることになる。そうして私たちは気づかされるのだ。二人の奇妙な関係が、何か美しいものであってほしいと無意識に思っていた、自身の願望に。

この事件が、そんな生やさしく甘っちょろいものではないことがわかったとき、私たち読み手はやはりそうだったのかと落胆し、少女を連れまわした山田に対しあらたな憎しみを覚える。けれどその憎しみよりももっと強く、ある疑問を抱く。

それならば、いったいなぜ、少女めぐは、そんな男と行動を共にしていたのか？

最初、刊行されたばかりの本書を読んだときには、事件内容と、次々に明らかにされていく事実があまりに衝撃的で思い至らなかったのだが、本書はじつに考え尽くされた巧みな構成で成り立っている。もしこの構成が少しでも異なっていれば、読者のうち何人かは、山田の恋愛感情が歪《ゆが》んだものであったとわかった時点で、事件にたいする好奇心を満足させてしまったかもしれない。この奇妙な事件の真相を、わかった気分になってしまったかもしれない。テレビや週刊誌でこの事件を追うのと同様の、そんな軽い心持ちでもって。著者は、そうさせないために慎重に構成を組み立てたのではないか。

いったいなぜ、少女めぐは、そんな男と行動を共にしていたのか？　沖縄で身柄を保護されたとき、なぜ彼女は「帰りたくない」と言ったのか？　著者は、この問いを本書の後半になって私たちに投げかける。そこにこそ、この事件の本質はあり、そこから先にこそ、山田の歪んだ欲望よりももっと暗く深い迷路が広がっているのである。

私は評論家ではないので、「すぐれた」という表現はできないが、実際の事件を扱ったノンフィクション作品で、心にはりつくように残るものには、共通点があると思っている。それはたとえていえばブラックボックスの存在だ。

どんな作品であれ、著者は、事件の背景を知るために取材を重ねていく。周囲の人々や、ときには当事者にまで会いにいって話をし、事件の核心に迫っていく。が、いかに核心に迫っているかということが、そのノンフィクションの良さではないと私は思っている。そこで何があったのかを知らねばならない書き手は、どんなにベテランの作家であっても、かならずブラックボックスにぶち当たる。なぜこのような事件が、なぜそのタイミングで起きてしまったのか。なぜその人が、なぜそのような行動に出てしまったのか。その「なぜ」を、著者は永遠に解明することができない。そこにブラックボックスがある。時代、時間、人々、背景、会話、天気、感情、生い立ち、記憶、そうしたものをぜんぶ並べてみても、イコール事件の真相にはならない。それらをみんなブラックボックスに放りこまないと、事件の真相はあらわれない。そうしてそのブラックボックスの中身は、どんなに緻密《ちみつ》な取材を重ねた著者にも、わからないのだ。

事件に人間がかかわっているかぎり（事件は人間が起こすものではあるが）、その人間にしかわかり得ないブラックボックスというものは存在する。書き手は取材をいくら重ねてもそのブラックボックスにいき着くし、読み手もまた、そこにブラックボックスがあると知らされる。書き手も読み手も、けんめいに考える。そのブラックボックスでいったい何が起きたのか。考えることに、意味があるのだと私は思う。

テレビを見ていると、自身の言葉を持たないコメンテイターは、このブラックボックスを説明しようとするとかならず「心の闇《やみ》」といったような、キーワードと化した安易な言葉を使う。そういう言葉を使うことで、その事件を、その事件を起こした人を、その事件が持つブラックボックスの中身を、わかったような気に自身もなるのだろうし、私たちもなったように錯覚する。結果、私たちは何も考えることなくその事件を忘れ、またべつの、それよりもさらに刺激の強いものに目を見はり、また「心の闇」でわかったように錯覚し……と、それは延々くりかえされる。その錯覚は、私たちはそれと無関係だと思わせる。自分は心の闇とは無縁だと、心の闇という特殊な何かを持った人が事件を起こすのだと、思わせる。

本書を読んでいると、著者の河合さんは、まるでそのブラックボックスと格闘するかのように取材を進めているように思えてくる。まさに体当たりの取材で、ときどき私は「そんなことをしたら危ないのでは」「そこまでいってはいくらなんでも」と、間近で見ている知人のようにはらはらした。その結果、著者はこの事件に関わったほぼすべての人たちから、生の声を聞いていることになる。

山田の冗舌については先に書いたが、著者が対話を試みた多くの人は、驚くほど冗舌である。もちろん、幾度も足を運び、彼らの重い口を開かせ、語らせたという著者の技の故《ゆえ》でもあるのだが、でも、私の感じる「冗舌」さは、言葉数とは少々異なる。それは、先にきなくさいと書いた、山田の冗舌さとどこか似ている。

もちろん私は、著者と対話しただれもが、山田のように自己正当化のために冗舌になっていると言いたいのではない。私が驚くのは、ここに登場し、語るだれもが、「ストーリー」を持っていることにたいしてだ。

たとえばめぐの実の母、紗恵である。著者に会うことを拒み続けてきた彼女は、最後に、閉ざしていたドアを開け、著者と対面する。そればかりか、深夜営業のファストフード店で、午前三時まで語る。自身が抱えてきた孤独について、男性へのトラウマについて、我が子めぐへの思いについて。そのどれも、じつにわかりやすい構図になっている。親から愛されなかったから、自分も愛することができない。ひどい目に遭わせた男に似ている子どもだから、めぐを愛せない。すべてに因と果があり、彼女の言葉にブラックボックスは、一見、ない。

さらに、めぐの祖父、紗恵の父親も、短くだが、やはり語っている。彼が語る児童養護施設にたいする怒り、警察への怒りもまた、一見整合性があるし、まっとうなものにも思える。彼らの言い分が間違っていると、いったいだれが言えるだろう。

そうして私がきなくささを感じ、不気味さを感じ、ブラックボックスの存在を感じるのは、彼らの一見つじつまが合っている、冗舌な語りなのである。彼らは彼らのストーリーを語り、そうして著者が書き記すとおり、そのストーリーにまぎれこんでいる矛盾に気づいていない。それは、山田その人の言葉ともそっくり同じなのである。ここにこそ、ブラックボックスが存在する。著者は、当事者たちの言葉を明らかにし真相をさらけ出すことによって、どうにも理解のしようのない「ねじれ」を描き出すことに成功したのだと私は思う。彼らはだれひとり自分が間違っているとは思っていない。そうして実際間違ってはいない。もちろん私たちが高みに立って、この人の言いぶんは身勝手だ、間違っている、この人がいちばんの加害者だとシンプルな正義をふりかざして言うことはできる。けれど本書は、そうはさせない。事件というものは、だれかの明確な間違いから生じるとはかぎらないことを本書は告げるのである。先に、心に残る事件ノンフィクションは、ブラックボックスを抱えている、と書いた。それはなぜかといえば、考えさせるからだ。読み手がその事件について、どうしてもわからない「ねじれ」について考える、そのとき、私たちはその事件と無関係ではなくなる。事件を起こした人たちが単に特殊な人たちで、私たちはそういうものと一線を画した場所で生きているのだという愚かな錯覚をせずにすむ。考えることによって、無関係でなくなることによって、次の事件の刺激でその事件を忘れるといったような麻痺《まひ》から逃れることができるのだし、そのことが、つまるところ「今を生きる」ことなのではないかと私は思う。

本書もまた、心に残るノンフィクション作品になるだろう。彼女の体当たりの取材によって、私たちは深く考えさせられることになるのだから。あとがきにもあるように、加害者はだれで、被害者はだれなのか。少なくとも、発端のところではだれも何も間違っていない。生きるために闘い、生きるために逃げた。その途上で出会った二人の、奇妙な逃避行について、私たちは考え続ける。考えることで、この不可思議な事件に私たちもまた立ち会い、立ち会うことによって忘れるということがない。人間というもののある在りようについて、おそらくずっと、考え続けることになる。

（二〇一〇年四月、作家）

この作品は平成十九年十二月新潮社より刊行された。

河合香織著　セックスボランティア

障害者にも性欲はある。介助の現場で取材を重ねる著者は、彼らの愛と性の多難な実態を目撃する。タブーに挑むルポルタージュ。

角田光代著　キッドナップ・ツアー

産経児童出版文化賞・路傍の石文学賞受賞

私はおとうさんにユウカイ(=キッドナップ)された！　だらしなくて情けない父親とクールな女の子ハルの、ひと夏のユウカイ旅行。

角田光代著　真昼の花

私はまだ帰らない、帰りたくない――。アジアを漂流するバックパッカーの癒しえぬ孤独を描いた表題作ほか「地上八階の海」を収録。

角田光代著　おやすみ、こわい夢を見ないように

もう、あいつは、いなくなれ……。いじめ、不倫、逆恨み。理不尽な仕打ちに心を壊された人々。残酷な「いま」を刻んだ7つのドラマ。

角田光代著　さがしもの

「おばあちゃん、幽霊になってもこれが読みたかったの?」運命を変え、世界につながる小さな魔法「本」への愛にあふれた短編集。

角田光代著　しあわせのねだん

私たちはお金を使うとき、べつのものも確実に手に入れている。家計簿名人のカクタさんがサイフの中身を大公開してお金の謎に迫る。

最相葉月著

絶対音感

小学館ノンフィクション大賞受賞

それは天才音楽家に必須の能力なのか？ 音楽を志す誰もが欲しがるその能力の謎を探り、音楽の本質に迫るノンフィクション。

最相葉月著

東京大学応援部物語

連戦連敗の東大野球部を必死に応援する熱いやつら。彼らは何を求めて叫ぶのか。11人の学ラン姿を追う、感涙必至の熱血青春ドラマ。

最相葉月著

星新一（上・下）

―一〇〇一話をつくった人―

大佛次郎賞・講談社ノンフィクション賞受賞

大企業の御曹司として生まれた少年は、いかにして今なお愛される作家となったのか。知られざる実像を浮かび上がらせる評伝。

佐藤優著

国家の罠

―外務省のラスプーチンと呼ばれて―

毎日出版文化賞特別賞受賞

対ロ外交の最前線を支えた男は、なぜ逮捕されなければならなかったのか？ 鈴木宗男事件を巡る「国策捜査」の真相を明かす衝撃作。

佐藤優著

自壊する帝国

大宅壮一ノンフィクション賞・新潮ドキュメント賞受賞

ソ連邦末期、崩壊する巨大帝国で若き外交官は何を見たのか？ 大宅賞、新潮ドキュメント賞受賞の衝撃作に最新論考を加えた決定版。

「新潮45」編集部編

凶悪

―ある死刑囚の告発―

警察にも気づかれず人を殺し、金に替える男がいる――。証言に信憑性はあるが、告発者も殺人者だった！ 白熱のノンフィクション。

帰《かえ》りたくない
—少女沖縄連れ去り事件—

新潮文庫　か - 45 - 2

平成二十二年六月一日発行

著者　河《かわ》合《い》香《か》織《おり》

発行者　佐藤隆信

発行所　株式会社新潮社

郵便番号　一六二―八七一一
東京都新宿区矢来町七一
電話 編集部(〇三)三二六六―五四四〇
読者係(〇三)三二六六―五一一一
http://www.shinchosha.co.jp

価格はカバーに表示してあります。

乱丁・落丁本は、ご面倒ですが小社読者係宛ご送付ください。送料小社負担にてお取替えいたします。

印刷・株式会社光邦　製本・憲専堂製本株式会社

ISBN978-4-10-129752-1 C0195